W0469943

Chères lectrices,

Le voici de retour, ce bien-aimé mois de mai ! Certes, il n'est pas toujours aussi joli que le proverbe veut bien nous le faire croire — il lui arrive même d'arborer une allure hivernale, n'hésitant pas à arroser les stars du festival de Cannes ! Mais reconnaissons qu'il nous réserve aussi de très agréables surprises : des jours fériés en cascade qui sont comme un avant-goût des vacances, quelques journées ensoleillées qui nous permettent d'étrenner nos tenues estivales, des soirées plus longues où l'ont peut s'attarder à la terrasse des cafés et savourer des moments de pur *farniente*… Bref, quoique incertain, ce mois printanier est toujours plein de promesses — à nous de saisir les occasions d'en profiter pour qu'il soit, comme promis, le plus joli de l'année !

A très bientôt,

La responsable de collection

L'éveil de l'amour

EMMA RICHMOND

L'éveil de l'amour

HARLEQUIN

COLLECTION AZUR

Si vous achetez ce livre privé de tout ou partie de sa couverture, nous vous signalons qu'il est en vente irrégulière. Il est considéré comme « invendu » et l'éditeur comme l'auteur n'ont reçu aucun paiement pour ce livre « détérioré ».

Cet ouvrage a été publié en langue anglaise sous le titre :
INSTANT MOTHER

Traduction française de
ANTOINE HESS

HARLEQUIN®

est une marque déposée du Groupe Harlequin
et Azur® est une marque déposée d'Harlequin S.A.

Toute représentation ou reproduction, par quelque procédé que ce soit, constituerait une contrefaçon sanctionnée par les articles 425 et suivants du Code pénal.
© 1998, Emma Richmond. © 2003, Traduction française : Harlequin S.A.
83-85, boulevard Vincent-Auriol, 75013 PARIS — Tél. : 01 42 16 63 63
Service Lectrices — Tél. : 01 45 82 47 47
ISBN 2-280-20199-2 — ISSN 0993-4448

Prologue

Alexa Gifford avançait d'un pas alerte parmi les passants de Canterbury, frileux et pressés, qui étaient tous emmitouflés dans leurs manteaux. Elle avait gardé ouvert son imperméable, sans souci du vent et du froid, et marchait paisiblement, comme elle l'eût fait par une belle journée de printemps. Elle portait dans ses bras un monceau de provisions. Elle souriait à la vie, à mille lieues de deviner la tournure dramatique qu'allait prendre la sienne.

Un repas de mariage pour soixante personnes l'attendait, et elle savait qu'elle allait devoir préparer soixante couverts, ni plus ni moins. Mais cela ne l'inquiétait pas trop, et elle marchait presque gaiement au milieu de cette foule qui se hâtait, frigorifiée. Alexa observait les gens de son beau regard ambré, pétillant d'humour, un brin narquois. Ses longs cheveux châtains dansaient au rythme de ses pas.

Certes, soixante personnes, cela représentait du monde et du travail, mais après tout, elle avait connu pire ! Elle s'en sortirait, comme d'habitude…

— Hé, Alexa !

Elle connaissait cette voix. C'était une voix qu'elle n'avait pas entendue depuis longtemps.

Elle se retourna brusquement, et reconnut Stefan Blake, un très bel homme avec qui elle avait quelque peu flirté, un an auparavant, en Roumanie. Tout cela lui parut soudain très lointain.

Il la dévisageait du haut de son mètre quatre-vingt-dix, un grand sourire aux lèvres et des yeux verts pétillants d'humour. Avec son imperméable de couleur sombre qui, au vent, lui battait les flancs, il avait l'air plus attirant que jamais.

— Mais… que fais-tu ici, Stefan ?

— J'allais te poser la même question, Alexa !

Il s'amusa à prendre un visage grondeur et ajouta d'un ton facétieux :

— On me suivait, mademoiselle Gifford ?

Elle eut un rire franc, plein de gaieté.

— Grands dieux, pourquoi devrais-je te suivre ?

— Je ne sais pas. Comme ça…, fit-il, railleur. Que portes-tu dans tes bras ?

— De quoi faire la cuisine.

Elle désigna d'un geste du menton son restaurant, situé à dix mètres de là.

— C'est là que je travaille.

— Ça, alors ! s'étonna-t-il en riant. En voilà, une nouvelle !

— Tu habites dans le coin ? interrogea-t-elle en détaillant son beau visage dont elle ne parvenait pas à détacher les yeux.

— En fait, je viens dans le quartier de temps à autre.

— C'est vrai ? insista-t-elle, sceptique.

— Puisque je te le dis.

Leur dialogue avait pris un tour à la fois vif et taquin.

— Tu es toujours aussi maladroite ? questionna-t-il, un sourire en coin.

— Que veux-tu dire ? répliqua-t-elle, piquée.

— En Roumanie, tu as failli me tuer plusieurs fois…

— « Failli te tuer » ? Les grands mots, tout de suite ! Est-ce que c'était ma faute s'il y a eu un glissement de terrain ?

— En tout cas tu as bel et bien inondé l'appartement.

— Les tuyaux étaient percés. Je n'y pouvais rien !

— Et tu as démoli ma voiture ! ajouta-t-il, l'index levé.

— Ah, tu exagères : j'ai à peine enfoncé le pare-chocs.

— Et, à présent, tu me poursuis jusqu'à Canterbury !

— Mais non ! Notre rencontre n'est qu'une coïncidence, tu le sais bien. Je ne te poursuis pas.

Il s'était approché tout près d'elle et la considérait avec un air moqueur.

— Il y a longtemps que tu es installée ici ?

— Trois mois, à peu près. Viens donc un jour déjeuner dans mon restaurant.

— Pour être empoisonné ? Non merci !

— Ne sois pas stupide. Je fais de la bonne cuisine, tu sais…

Il hocha la tête en souriant, jeta un coup d'œil à sa montre et lança d'un ton dégagé :

— Bon, il faut que j'y aille. J'ai un avion à prendre. Je retourne aux Etats-Unis.

Alexa remarqua une petite flamme nouvelle dans son regard, une lueur passagère qui l'intrigua.

Comme elle le dévisageait avec une curiosité très vive, il se pencha sur elle et, sans façon, l'embrassa rapidement sur la bouche, lèvres contre lèvres, avant de conclure d'une voix amicale et tranquille :

— A un de ces quatre…

Puis il tourna les talons et se mêla sans hâte à la foule des piétons.

Elle le regarda s'éloigner. Il avait des cheveux noirs très beaux, mais trop longs. Ils recouvraient presque entièrement son col. Le personnage n'était pas banal, et elle vit que certaines femmes se retournaient sur son passage.

D'une voix qui trahissait une pointe d'inquiétude, elle lança soudain :

— Stefan !

Il était à une dizaine de mètres et se retourna.

— Oui ?

— On se reverra ? questionna-t-elle, la gorge serrée.

Il lui sourit et répondit d'une manière assez vague :

— Ce n'est pas impossible.

Il demeurait à distance, bousculé par le flot des piétons qu'il dominait d'une bonne tête.

Elle cala ses lourdes provisions contre sa poitrine, et, au moment où il s'apprêtait à disparaître pour de bon, cria d'une voix forte :

— Peut-être que oui ou peut-être que non ?

Il eut encore un sourire énigmatique et disparut sans répondre, happé par le flot des passants.

Il y avait presque un an qu'ils ne s'étaient vus. En un an, il coulait beaucoup d'eau sous les ponts…

Quel homme étrange, ce Stefan ! songea Alexa, toute remuée, un homme qui vous mettait dans un état bizarre…

Elle marcha vers la porte et la poussa du pied pour entrer.

Linda, qui travaillait avec elle, la considéra d'un œil amusé.

— Tu sembles toute drôle, Alexa.

— Moi ? s'étonna-t-elle sur un ton innocent, tandis qu'elle déposait les provisions sur la première table à portée de sa main.

— Oui. C'était qui, ce type ? interrogea Linda, l'air intrigué.

— Quel type ?

— Celui avec lequel tu parlais, dans la rue. Il était… disons tout à fait décoratif.

— Ah, tu trouves ? Il s'appelle Stefan. Il est persuadé que j'en veux à sa vie, que je désire le tuer…

— Quoi ? C'est fou ! Tu lui en veux à ce point-là ?

Comme Linda roulait des yeux comme des billes, Alexa répondit en riant :

— Mais non ! Je ne lui en veux pas, et je n'ai aucune intention de l'assassiner !

— Raconte-moi, supplia Linda, dévorée de curiosité.

— Bah, il n'y a pas grand-chose à raconter. Nous nous sommes rencontrés dans un orphelinat en Roumanie, que nous visitions par le biais d'une organisation caritative. Stefan ne savait rien faire de ses dix doigts, et on lui a finalement mis un pinceau dans les mains pour qu'il repeigne les murs en blanc.

Alexa se rappelait la façon outrancière avec laquelle ils avaient flirté. Car il était le type d'homme avec lequel n'importe quelle femme souhaiterait flirter. Il s'était montré charmant, amusant, généreux, mais elle se rendait compte à présent qu'il ne lui avait rien dit de lui-même. Il ne s'était jamais confié à elle, préférant s'entourer d'un épais mystère.

Comme elle rangeait les provisions qu'elle venait d'apporter, elle sourit d'un air rêveur en repensant à ces images de l'année passée.

— Tsstt... fit Linda d'un ton réprobateur, David ne va pas apprécier...

— David n'est pas censé être au courant, rétorqua Alexa, irritée. Il ne s'est rien passé entre Stefan et moi.

— Alors pourquoi avais-tu ce sourire, il y a un instant, comme si tu venais d'être caressée par l'aile d'un ange ?

Alexa secoua la tête avec vigueur.

— Ne dis pas n'importe quoi, Linda.

— Si tu étais vraiment amoureuse, tu ne...

— Enfin, Linda, tu ne comprends rien : ce n'est pas parce qu'on est amoureuse d'un homme que cela empêche d'apprécier la présence ou le charme de certains autres.

Mais Linda s'obstinait.

— Vous vous êtes embrassés d'une telle façon ! Tu crois que David aurait accepté cela ?

— Un simple baiser entre amis, résuma Alexa d'un ton bougon. Un petit baiser sans conséquence. Oh, et puis tu m'agaces, à la fin !

— Bien, bien... marmonna Linda, je n'insiste pas. Après tout, cela ne me regarde pas.

— De toute façon, c'est un homme que je ne reverrai sans doute jamais, conclut Alexa d'une voix sans relief.

Mais, dans le fond de son cœur, elle espérait bien que si. Un jour ou l'autre, elle espérait bien le retrouver…

Ses espoirs furent exaucés car un mois et demi plus tard, Stefan poussa la porte du restaurant et demanda s'il pouvait déjeuner.

Elle l'accueillit avec un ravissement extrême et le conduisit à la meilleure table de l'établissement.

— Tu ne m'empoisonnes pas, hein ! lança-t-il en forme d'avertissement.

Elle éclata de rire.

— C'est promis juré, assura-t-elle. Tu ressortiras vivant d'ici.

— Il le faut, car j'ai une nièce dont je dois m'occuper. Maintenant, je prends régulièrement l'avion, depuis les Etats-Unis, pour la voir.

Alexa, tout émue et vraiment réjouie par ce retour imprévu, sentait son cœur déborder d'une folle allégresse.

— Cela me fait vraiment plaisir de te revoir, confia-t-elle d'un ton vibrant en lui apportant le menu.

— Merci, fit-il avec son sourire indéchiffrable.

Elle ne savait pas s'il la remerciait pour le menu ou pour ce qu'elle venait de lui dire.

Il mangea de bon appétit, et, lorsqu'il se leva pour partir, elle questionna d'un air le plus sérieux possible :

— Alors, tu n'as pas mal au ventre ? Pas de nausées ? Pas de malaises ?

— Absolument pas. J'ai très bien déjeuné.

— Tu reviendras ?

Il fit oui de la tête et tint parole. Il revint toutes les six semaines, régulier comme une horloge. Dès que son avion s'était posé, il prenait une chambre à l'hôtel, dînait chez Alexa, et repartait le lendemain.

Mais en septembre, tout changea.

Ce soir-là, Alexa dut faire face à une salle comble, et ce n'est que tard, à la fin du dîner, qu'elle put lui parler. Il était assis dans un coin du restaurant, à sa table habituelle, et fixait le fond de sa tasse comme si elle recelait une énigme indéchiffrable.

— Encore un café, Stefan ? proposa-t-elle doucement.

Il sembla émerger d'un rêve et leva la tête vers elle. Il paraissait tout étonné de se retrouver seul, à présent, dans la salle.

— Je n'ai pas vu le temps passer, murmura-t-il.

— Un petit café ? insista-t-elle en souriant.

— Seulement si tu en prends un avec moi.

Elle alla chercher deux cafés et vint s'asseoir en face de lui.

— Tu as l'air soucieux, Stefan. Tu es tout pensif. Tu as des ennuis ? L'amour ou… le travail ?

Il hocha la tête d'un mouvement bref et marmonna d'un ton étrange :

— Dis-moi, tu n'aurais pas besoin d'un mari, par hasard ? Cela te dirait, de te marier ?

Renversée par une telle question, elle le dévisagea avec stupéfaction.

— Un… un mari ? C'est-à-dire que…

— Tu as déjà un petit ami ? Et il s'appelle David, n'est-ce pas ?

— Oui.

Stefan resta un moment silencieux, absorbé dans ses réflexions. Très intriguée, la jeune femme posa une main sur la sienne et l'interrogea d'une voix douce :

— Qu'est-ce qui ne va pas, Stefan ? Raconte-moi tout.

Il poussa un soupir et se redressa un peu sur sa chaise.

— Je crois que je t'ai déjà parlé de l'accident d'avion qui a coûté la vie à ma sœur et à mon beau-frère, il y a quelques mois.

— Oui, tu m'en as dit quelques mots.

— Je t'ai parlé de ma nièce, Jessica ?

— Tu m'as dit qu'elle avait été recueillie par ses grands-parents et que tu faisais des démarches pour en obtenir la garde légale.

— Il y a eu ce matin une réunion administrative au Tribunal à ce sujet. On ne veut pas me confier la garde de Jessica, pour l'instant.

— Parce que tu n'es pas marié ?

Il la fixa droit dans les yeux, étonné du fait qu'elle ait immédiatement compris le problème.

— C'est cela, oui, murmura-t-il sombrement.

— Jessica doit donc rester chez ses grands-parents ?

— Oui. Mais ils sont vieux et fatigués. Et cette situation ne peut pas durer.

Alexa observait le beau visage obscurci par le souci, les cils étonnamment longs, ourlant des yeux pour lesquels bien des femmes, c'était certain, seraient prêtes à se damner.

— Tu ne vois pas une autre femme qui pourrait faire l'affaire ? questionna-t-elle d'un ton engageant.

— Pas en Angleterre, non. Et je ne peux pas demander à mes amies américaines de traverser l'Atlantique pour s'occuper d'une petite fille au Royaume-Uni.

Alexa, songeuse, jouait machinalement avec une boucle de ses cheveux.

— Qu'est-ce qui te fait croire que je pourrais être l'épouse qui te convient ? interrogea-t-elle au bout d'un moment.

Il la fixa de nouveau de son beau regard franc et direct.

— Tout simplement parce que tu es sympa, amusante, et parce que je ne m'ennuie jamais auprès de toi.

— Il faut parler à l'imparfait, corrigea-t-elle en souriant. J'ai peut-être changé.

Il la dévisageait toujours avec lucidité.

— Pourquoi aurais-tu changé ? On ne change pas de nature comme ça…

— Je suis toujours aussi étourdie, tête en l'air…

— … chaleureuse, amicale, vivante, enchaîna-t-il avec fermeté. Nous avons passé de bons moments en Roumanie. Nous ne nous sommes jamais chamaillés.

Alexa se rappelait ces quelques semaines passées dans le cadre de l'opération humanitaire : ce n'étaient pas des vacances, et le confort était réduit à sa plus simple expression, mais elle gardait un souvenir chaleureux de cette expérience. Et c'était vrai : ils s'étaient très bien entendus, elle et lui.

Après un nouveau silence, Stefan se leva lentement, comme à regret.

— Il est tard, remarqua-t-il en jetant un coup d'œil à sa montre. Il est temps que j'y aille. Quelle situation étrange ! Chaque femme que je croise est examinée selon une perspective nouvelle : la mère idéale…

Ils rirent ensemble, à la fois complices et gênés par cette situation totalement insolite.

— Tu restes encore quelque temps en Angleterre ? questionna-t-elle avec anxiété, en tentant de dissimuler son espoir secret.

— Non, je dois repartir. Nous nous verrons dans un mois et demi.

Mais, six semaines plus tard, la vie d'Alexa avait subitement changé de manière dramatique. Hospitalisée à la suite d'un accident de voiture, elle avait dû fermer provisoirement son restaurant. Six nouvelles semaines passèrent, puis le restaurant ferma définitivement.

Elle n'avait aucune nouvelle de David, qui s'était envolé sans préavis. Elle avait perdu son travail et tout moyen d'existence. La situation n'était pas brillante.

Elle s'installait régulièrement dans le hall de l'hôtel où descendait Stefan chaque fois qu'il arrivait des Etats-Unis, espérant follement le revoir. Enfin, un jour, elle aperçut sa haute stature qui se profilait dans la large porte de l'entrée…

Comme il marchait vers elle avec un grand sourire, elle lui lança d'un ton enjoué :

— Alors, tu es toujours à la recherche d'une épouse, Stefan ?

1.

Le téléphone sonnait et sonnait encore, tandis qu'Alexa se débattait avec ses clés. Enfin, la porte finit par s'ouvrir et elle se précipita sur le combiné.

— Allô, Mike ? lança-t-elle, à bout de souffle.

— Mais non, ce n'est pas Mike. C'est Stefan. Cela fait deux heures que j'essaye de te joindre ! Où donc étais-tu ? Es-tu allée la chercher ?

— La chercher ? Mais… qui donc ?

— Jessica ! s'écria Stefan.

— Jessica ?

— Arrête de répéter stupidement ce que je dis. Tu n'es pas passée la prendre ?

— Mais non… Pourquoi aurais-je dû…

— Quoi ! s'écria-t-il avec force. Mais ce n'est pas possible ! C'est complètement dingue !

— Une seconde, Stefan, coupa-t-elle d'un ton posé. Attends une seconde, le temps de…

— Mais il n'y a pas de temps à perdre ! Mme Bailey ne t'a pas téléphoné ?

— Mme Bailey ?

— La grand-mère de Jessica !

— Personne ne m'a téléphoné, dit-elle, alarmée.

— Mon Dieu… Ecoute-moi bien, Alexa. C'est très important. A quelle distance es-tu de l'école ?

— De l'école primaire ?

— Mais oui, de l'école primaire.

Il avait presque hurlé et il dut probablement se rendre compte de son extrême excitation, car il s'excusa d'une voix pondérée.

— Je suis désolé, Alexa, mais tout cela m'inquiète beaucoup.

— L'école est à dix minutes, précisa-t-elle calmement.

— Alors il faut que tu partes immédiatement !

— Mais…

— Ne discute pas. Vas-y tout de suite, va retrouver Jessica qui est toute seule. Va, va !

— Bien, murmura-t-elle docilement. J'y vais.

Elle raccrocha lentement. M. Jones, le chien, la regardait d'un air étrange, la tête un peu penchée, l'œil inquiet.

— Je reviens tout de suite, lança-t-elle à l'animal avant de sortir.

Elle savait qu'il était absurde de parler ainsi à un chien, de lui expliquer des choses, mais la vie, pour elle, avait pris un tour si absurde, depuis quelque temps, que tout lui apparaissait un peu fou, comme surréaliste.

Elle avait d'abord épousé, pour la forme, un homme qu'elle connaissait à peine, et qui vivait à des milliers de kilomètres, de l'autre côté de l'Atlantique. Elle ne savait pas s'il allait revenir s'installer en Angleterre. Et elle s'était provisoirement établie dans une toute petite maison qu'on lui avait prêtée dans un petit village non loin de Canterbury : Trenton. Elle préférait cette situation à l'hôtel où Stefan l'avait d'abord installée. Enfin elle avait rompu avec David, l'ancien propriétaire du restaurant où elle travaillait. Cela s'était passé pendant son séjour à l'hôpital.

Autant dire qu'elle se trouvait désormais dans une situation vraiment fragile, avec la petite Jessica qu'elle devait à présent aller chercher à l'école. Elle connaissait un peu l'enfant, mais un peu seulement. Stefan la lui avait présentée, mais, à vrai dire, elle ne savait rien d'elle.

Elle arriva dans le hall de l'école à bout de souffle et se précipita aussitôt vers le gardien.

— Jessi… Jessica, articula-t-elle, haletante. C'est la petite fille que je viens chercher…

Le gardien croisa les bras et la considéra d'un air mécontent.

— Eh bien ! Vous avez vu l'heure ? grommela-t-il. Elle attend depuis je ne sais combien de temps.

— Oh, mon Dieu ! s'exclama-t-elle, consternée.

— Et Mlle Henderson n'a guère apprécié cette négligence, ajouta l'employé en hochant la tête d'un air réprobateur.

— Mlle Henderson ?

— C'est la maîtresse.

— Je vois, murmura Alexa, confuse.

Alexa n'avait toujours pas retrouvé son souffle. Elle tenta un sourire engageant à l'adresse du cerbère qui gardait un visage renfrogné.

— Je suis désolée, fit-elle, j'ai été… retardée.

— Bon, bon, grommela l'homme. Mais vous comprendrez que Mlle Henderson a dû partir. Elle ne pouvait pas attendre éternellement. Elle m'a confié la petite. Quel est votre nom ?

— Pardon ?

— Quel est votre nom ? répéta-t-il d'un ton impatient.

— Alexa Giff…

Elle se reprit. Elle n'était pas encore habituée à son nouveau nom.

— Alexa Blake, répondit-elle.

— Votre numéro de téléphone ?

Elle poussa un soupir et le lui énonça. Pour être méfiant, il était méfiant ! Il bougonna d'un ton peu amène en fronçant les sourcils avec obstination :

— Comprenez, on ne sait pas toujours à qui l'on a affaire. Le monsieur a bien précisé qu'il fallait demander le numéro de téléphone.

— Quel monsieur ?

— L'oncle de la petite.

— Ah, oui. Bien sûr…

— Vous savez, avec tout ce qu'il se passe, on n'est jamais assez prudent.

— Certainement, admit Alexa, qui se demandait, vu le caractère méfiant du bonhomme, si elle parviendrait jamais jusqu'à Jessica.

Enfin, il consentit à la conduire jusqu'à une petite pièce où l'enfant attendait sagement, assise sur un banc. Jessica observa Alexa d'un regard sérieux, trop sérieux pour son âge. Avec un grand sourire, la jeune femme s'avança vers elle.

— Bonjour, Jessica. Je suis un peu en retard, désolée. Tu pensais peut-être qu'on t'avait oubliée ?

— Moi, c'est Corrie, annonça l'enfant avec un air grave.

— Ah ? Eh bien, c'est parfait, répondit Alexa, complaisante.

Elle tendit la main de manière engageante et proposa gentiment :

— On y va ?

Quand Jessica mit sa petite main dans la sienne et se leva, Alexa se tourna vers le gardien et dit aimablement :

— Merci pour votre aide, monsieur. Et navrée pour le retard…

— Laisser une petite fille comme ça, comme un paquet dans un coin, ça ne se fait pas ! commenta le bonhomme, toujours aussi bourru.

— Tout est bien qui finit bien, conclut Alexa qui marcha vers la porte, entraînant l'enfant d'une main ferme.

Lorsqu'elles furent dehors, une bourrasque les fouetta subitement, au point qu'elles chancelèrent sous la force du vent.

— Ton oncle va téléphoner dès que nous serons rentrées, expliqua Alexa en serrant fortement la main de la petite. Il est encore aux Etats-Unis, et c'est moi qui vais m'occuper de toi en attendant qu'il revienne. Tu vas voir mon chien. Il s'appelle M. Jones, et il est très gentil…

Tandis qu'elles marchaient dans le vent glacé de janvier, Alexa se souciait de la façon dont elle allait pouvoir installer Jessica. La maison ne comportait qu'une seule chambre et un seul lit. Elle était minuscule, avec une salle de bains et une cuisine pas plus grandes qu'un placard à balais.

— Qu'est-ce que tu aimerais pour ton goûter, Jessica ?

— Moi, c'est Corrie, corrigea l'enfant d'un ton solennel.

— Hum… Corrie. Qu'est-ce que tu aimes manger ?

Elle tâcha de se rappeler ce qu'il y avait dans les placards. Pas grand-chose, hélas.

— Je crois qu'il y a du gâteau de riz en boîte, ajouta Alexa en se penchant vers la petite qui trottait à son côté. Tu aimes ça, le gâteau de riz ?

Comme Jessica approuvait en hochant la tête, elle poursuivit d'une voix optimiste :

— Bon, formidable. Tu vas voir : tu seras très bien à la maison. Il y a du feu dans la cheminée. Nous allons pouvoir nous réchauffer. Et M. Jones sera très content de faire ta connaissance.

Une nouvelle bourrasque les fouetta, et Alexa baissa instinctivement la tête en tenant sa capuche de la main gauche, tandis qu'elle serrait fermement Jessica de la main droite. La météo avait annoncé que ce mois de janvier était le plus glacial depuis une trentaine d'années.

Quel hiver catastrophique pour elle ! L'accident de voiture dont elle avait été victime lui avait causé de sérieuses blessures à la tête, et il avait fallu raser ses beaux cheveux auburn. Elle se sentait à la fois meurtrie et honteuse de cette coiffure de bagnard qu'elle essayait de protéger avec des chapeaux de toute sorte. Elle allait mieux, certes, mais elle était encore pâle et faible, et elle avait perdu du poids. Il y avait des moments dans la vie où tout allait de travers, et elle traversait justement une de ces périodes. Dans cette minuscule maison qu'on lui avait provisoirement prêtée, dans ce village de Trenton où elle ne connaissait personne, elle attendait… Elle attendait quoi ? D'abord des nouvelles de David qui s'était éclipsé tandis qu'elle était à l'hôpital. Pourquoi avait-il ainsi pris la fuite ? Où était-il à présent ? Mais elle attendait surtout que la vie se remette à lui sourire, après tous les tourments qu'elle avait connus. Elle avait eu sa part de malheurs. A présent, elle rêvait d'une existence tout autre, et aspirait profondément au bonheur. Mais pouvait-elle vraiment être heureuse ?

Alors qu'elle poussait la porte de chez elle, le téléphone sonna. Elle se précipita pour répondre.

— Allô ! fit-elle, essoufflée.

— Tu es allée la chercher ? interrogea Stefan, très anxieux.

— Oui. Elle va bien. Tu veux lui parler ?

Elle se pencha vers Jessica.

— C'est ton oncle…

La petite fille mit le récepteur contre son oreille et articula d'une petite voix :

— Oui… Non. Oui… D'accord. Au revoir.

Jessica tendit le combiné à Alexa.

— Je te remercie, dit Stefan, rassuré. Je serai là vers minuit, ce soir.

— Tu reviens ce soir ? questionna-t-elle, ébahie.

— Oui. Est-ce que tu as vu la maîtresse de Jessica ? Qu'a-t-elle dit ?

— Rien. Enfin… Je veux dire : elle n'était pas là. Le gardien m'a dit que…

— Je me moque de ce qu'a pu raconter le gardien. Ecoute, je suis un peu pressé. On vient de faire un appel pour l'embarquement. Mon avion va décoller dans quelques minutes. A ce soir.

Alexa entendit le « clic » du combiné qu'on raccroche.

— Ton oncle sera là dès ce soir. Il était en train d'embarquer dans l'avion, dit-elle à l'enfant.

— Ah bon ? répondit posément cette dernière dont les yeux restaient fixés sur le chien.

Jessica semblait fascinée par M. Jones.

— Il a l'air un peu bizarre, expliqua Alexa en souriant. Mais c'est un gentil chien. Il ne te mordra pas. Tu peux le caresser, si tu veux. Il adore qu'on le gratte derrière les oreilles.

— Ah bon ? répéta une nouvelle fois Jessica de sa petite voix impassible.

Alexa se dit qu'il ne devait pas être facile, pour une aussi petite fille, de se retrouver chez une étrangère, avec cette sorte de chien-loup à poil long, dans une maison inconnue. Elle enleva le bonnet et le manteau de Jessica et les suspendit à une patère.

— M. Jones fait une promenade deux fois par jour, poursuivit Alexa. Nous l'emmènerons tout à l'heure, après le goûter. Tu veux bien ?

L'enfant fit « oui » de la tête. Son petit visage arborait un sérieux inhabituel pour son âge.

Alexa lui montra la télécommande de la télévision.

— Là, c'est pour allumer. Tu appuies sur le bouton, et tu changes de chaîne avec ce bouton-là…

Comme Jessica demeurait debout, indécise, Alexa l'interrogea doucement :

— Qu'aimes-tu faire ? Je n'ai pas de jouets à te proposer, mais si tu veux, tu peux dessiner. Cela te plairait de faire des dessins, ou préfères-tu regarder la télévision ?

— Je veux bien dessiner.

— Parfait.

Alexa fouilla dans les placards pour trouver des crayons de couleur et du papier. Elle installa Jessica devant la table et commença de préparer une tarte.

L'enfant restait tranquillement à sa place, sans poser la moindre question. Alexa, émue par cette sagesse, par cette douceur, songea que Jessica possédait une nature peu contrariante.

— Quel âge as-tu, Jessica ? interrogea-t-elle au bout d'un moment.

— Moi, je m'appelle Charlie, répondit gravement l'enfant sans lever le nez de son dessin.

— Charlie ? Ah bon. Et Charlie a quel âge ?

— Six ans.

— Est-ce que tu aimes bien l'école ?

— Oui, répondit posément la petite fille.

Au bout d'une dizaine de minutes, Alexa s'approcha de Jessica qui continuait à dessiner.

— Il faut que je sorte M. Jones. C'est son heure. Tu veux venir avec moi ou tu préfères rester ici?

Jessica abandonna immédiatement son œuvre et rangea soigneusement crayons et papiers dans un coin. Puis elle se leva.

— Tu es très organisée, fit Alexa avec admiration.

La petite fille demeura silencieuse.

Elles sortirent dans la nuit qui, à cette heure, était déjà tombée. Lorsqu'elles revinrent, Jessica reprit ses dessins et continua de griffonner sans un mot.

Vers 20 heures, comme elle bâillait de manière répétée, Alexa devina qu'elle avait vraiment sommeil.

— Tu veux aller au lit, ma chérie ?

Jessica hocha la tête affirmativement.

Alexa conduisit la petite dans la salle de bains et demanda :

— Tu veux que je t'aide à te déshabiller et à te laver ?

De nouveau, Jessica hocha la tête, mais négativement cette fois.

— Bien. Je te laisse, alors. N'oublie pas de te laver les dents. Tu peux prendre la brosse à dents qui se trouve près du lavabo. Ton oncle va certainement t'apporter tes affaires, demain.

Jessica revint quelques minutes plus tard, vêtue d'un T-shirt qu'Alexa lui avait prêté en guise de nuisette. Le vêtement lui descendait presque jusqu'aux pieds.

— Tu veux que je te raconte une histoire ? proposa Alexa en souriant.

A sa grande surprise, l'enfant fit signe que non. Elle avait l'air à la fois timide et lointaine, et regardait le chien avec une grande curiosité.

— Tu aimerais que M. Jones dorme dans ta chambre ?

Jessica, toujours aussi peu bavarde, fit «oui» de la tête.

— Bon, c'est d'accord. Mais il n'a pas le droit de monter sur le lit. C'est entendu ?

De nouveau, l'enfant hocha la tête en signe d'acquiescement.

— Tu veux que je laisse la porte ouverte ?

Cette fois, Jessica fit signe du menton pour dire oui.

Lorsque la fillette fut couchée, Alexa se pencha vers elle et l'embrassa tendrement. Tandis qu'elle caressait ses fins cheveux, elle murmura d'une voix calme :

— A ton réveil, ton oncle sera là. Et si tu as besoin de quelque chose, ou si tu es inquiète, tu peux m'appeler. Je reste tout près de toi, juste à côté. Bonne nuit, Jessi… Je veux dire : bonne nuit, Charlie.

Alexa s'installa devant la télévision en attendant Stefan. Elle regardait sans les voir les images défiler sur le petit écran. Son esprit était ailleurs.

Au fur et à mesure que le temps passait, sa nervosité s'accroissait. Elle avait beau essayer de se raisonner, rien n'y faisait. Allons, il n'était pas un étranger, que diable ! Simplement un homme qu'elle connaissait peu. Un scientifique. Quant à elle, elle était cuisinière. Du moins l'était-elle dans le passé. Depuis l'accident, elle avait perdu le goût et l'odorat, deux sens indispensables pour exercer cette profession. Stefan n'était pas au courant, mais elle le lui raconterait sans doute bientôt. Un jour. Stefan savait pour David, bien sûr. Mais il ne connaissait pas l'exacte vérité : David et elle n'avaient jamais été amants. Des amis, simplement. Elle n'avait pas osé franchir le pas tant qu'elle n'était pas complètement sûre de lui. Et aujourd'hui, elle n'était plus sûre de rien.

Elle entendit le bruit d'une voiture qui se garait devant chez elle, puis des bruits de pas, sur le sol glacé.

Elle éteignit la télévision et prit une profonde inspiration avant d'ouvrir la porte à l'homme qui était officiellement son mari.

2.

Il était de taille imposante, très imposante. Elle ne se souvenait pas d'un tel gabarit. Avec son manteau d'hiver, il semblait encore plus colossal, massif. Puissant. Ecrasant…

Et, comme par une étrange magie, elle se sentait attirée vers lui. Elle avait le sentiment qu'ils n'étaient pas seulement amis, complices, mais que quelque chose de plus fort existait entre eux. Soudain, elle éprouvait l'étrange envie de passer sa vie auprès de lui…

Pourtant il avait bien précisé qu'il ne voulait une épouse que pour un an. Douze mois, pas plus. Le temps légal pour qu'il puisse obtenir la garde de sa nièce. Après, ils pourraient divorcer.

Sur le seuil de la porte, il la fixait d'un œil étonné.

— Alexa ! fit-il en fronçant les sourcils. Que se passe-t-il ?

— Rien, rien, assura-t-elle d'une voix faible.

Elle se rendit brusquement compte qu'elle était encore en train de le dévisager.

— Rien, répéta-t-elle, bouleversée jusqu'au plus profond d'elle-même.

Il fit deux pas et se retrouva à l'intérieur, presque au milieu de la pièce, puis il lança de manière malicieuse :

— Tu tiens absolument à garder la porte ouverte ? Il fait froid, au cas où tu ne l'aurais pas remarqué.

— Oh, bien sûr, dit-elle en se précipitant pour fermer la porte.

Dès qu'il fut à l'intérieur, la pièce parut soudain rétrécie et elle eut l'impression, à côté de lui, d'être une naine. Pourtant elle n'était pas si petite que cela.

— Tu as une mine épouvantable, marmonna-t-il en la dévisageant.

— Merci pour le compliment, observa-t-elle.

Elle savait qu'il disait vrai et que ces mots n'avaient pas été prononcés de manière agressive. Cela signifiait même peut-être qu'il se souciait d'elle.

— Pourquoi gardes-tu ton chapeau sur la tête ? interrogea-t-il au passage.

— Ah oui, tiens ! répondit-elle d'un ton volontairement distrait.

Elle ôta son chapeau en évitant le regard de Stefan. Elle craignait d'y voir une surprise qui lui aurait peut-être fait mal.

— Comment cela s'est-il passé, pour toi ? questionna-t-elle pour engager la conversation et détendre l'atmosphère.

— J'ai été très occupé, dit-il sobrement.

— C'est donc pour cela que tu ne m'as pas…

— … appelée ? Non, ce n'est pas pour ça.

— Non ? répéta-t-elle d'une voix éteinte.

— Non. Je n'ai pas téléphoné car je n'avais pas envie d'entendre que tu avais changé d'avis, pour nous. Tu as changé d'avis ?

— Mais non, voyons !

— Parfait, fit-il, apparemment soulagé.

Comme il avançait d'un pas vers la cheminée, elle l'avertit d'un ton prudent :

— Attention à la lampe, Stefan.

Il évita précautionneusement le globe qui pendait au plafond, à hauteur de sa tête, et posa les bagages qu'il tenait à la main.

M. Jones se réfugia furtivement sous le fauteuil. M. Jones n'allait jamais à cet endroit, quelle que soit la personne qui rendait visite à

Alexa, mais il faisait manifestement exception pour Stefan. M. Jones semblait ne pas aimer les maris.

— Il fait partie de la maison ? questionna Stefan en désignant du menton le chien qui paraissait bouder.

— Non. On m'a demandé de le garder quelques jours, et la personne qui me l'a confié n'est jamais revenue.

— Tiens donc ! fit Stefan, étonné.

Alexa fut prise d'une soudaine inquiétude. Elle murmura :

— S'il te dérange, je peux…

— Le faire piquer ? Le conduire à la S.P.A. ? Mais non. Ne te fais pas de souci pour lui. Est-ce que Jessica dort ?

— Oui. Veux-tu que je te prépare une bonne tasse de thé ?

— Je préférerais un peu de café.

Elle fit la grimace.

— Je suis désolée : je n'ai pas de café. Je n'en prends jamais.

— Alors du thé, ce sera très bien. Je te demande pardon. J'ai été un peu rude au téléphone, cet après-midi. Je me faisais du souci pour Jessica, tu comprends…

— Pas de problème. Veux-tu te débarrasser de ton manteau ?

— Avec plaisir.

Il défit son épais manteau et chercha des yeux un endroit où le suspendre. Comme il hésitait, elle le lui prit des mains. Il pesait une tonne, et elle vacilla presque en le saisissant. Elle l'accrocha dans un coin de la petite pièce.

— Comment va Jessica ? demanda-t-il en s'installant près du feu.

— Elle va bien. Elle ne parle pas beaucoup, mais c'est un ange. Je vais préparer du thé. J'en ai pour une seconde.

Elle se précipita nerveusement dans la cuisine, tout émue. « Allons, du calme, Alexa , se dit-elle, fébrile. Tu ne peux pas être attirée par lui. Ce n'est qu'un ami. Rien de plus… »

Il n'avait toujours été pour elle qu'un ami. En Roumanie, ils avaient un peu flirté, mais n'étaient jamais allés au-delà. Alors, pourquoi se sentait-elle aujourd'hui troublée à ce point ? C'était ridicule.

Il est vrai qu'il était un peu différent, à présent. Plus calme, plus posé.

Elle sursauta lorsqu'elle se rendit compte qu'il se trouvait derrière elle, dans l'encadrement de la porte de la cuisine. La pièce était si petite qu'il lui était impossible de rentrer.

— La maison a été conçue pour des gens de petite taille, s'excusa-t-elle avec un petit rire nerveux.

— C'est ce que je vois.

— Ne me dis pas que j'aurais dû rester à l'hôtel.

— Mais non, mais non, grommela-t-il avec un vague sourire.

Il fronça les sourcils et passa le bout de ses longs doigts sur son front.

— Tu as mal à la tête ? demanda-t-elle, soucieuse.

— Un peu, oui.

— Tu veux de l'aspirine ?

— Merci, oui.

Elle ouvrit prestement un tiroir et saisit un tube d'aspirine. Elle mit deux comprimés dans un demi-verre d'eau et le lui tendit. Il avala d'un coup le liquide blanchâtre.

— Où est-elle ?

— Jessica ?

— Jessica, Corrie, Charlie… précisa-t-il d'un ton ironique.

— Ah, je vois que tu es au courant, fit-elle, amusée. Allons la voir. Elle est dans la chambre.

Lorsque Stefan se pencha sur le lit où Jessica dormait comme un petit ange, Alexa fut soudainement bouleversée. Il tendit la main vers une mèche de cheveux de la petite fille, qui tombait sur ses yeux endormis, et la déplaça tout doucement. Alexa ne voyait pas le visage de Stefan, qui restait dans l'ombre, mais elle imaginait l'expression de tendresse qui marquait certainement ses traits. Elle sentit comme une boule se former au fond de sa gorge. Elle aurait voulu être aimée de cette manière, pensa-t-elle secrètement.

Elle se ressaisit, fâchée contre elle-même. A coup sûr, les événements de ces dernières semaines l'avaient fragilisée. Ses émotions étaient à fleur de peau. Il y avait eu l'accident, ses séquelles douloureuses, sa tête endolorie et rasée, l'abandon soudain de David, la vente du restaurant, la fuite dans cette minuscule maison, sans compter le principal : un mari qui n'en était pas un… Cela faisait beaucoup pour une seule femme.

Elle apporta le plateau avec la théière et les tasses et le posa près de la cheminée, sur une toute petite table. Puis elle s'assit et attendit que Stefan revienne.

Quand elle entendit la porte de la chambre se refermer doucement, elle se raidit imperceptiblement.

Il revint s'asseoir face à elle et demeura un moment sans rien dire, l'observant d'un regard grave et attentif. Il avança enfin d'une voix paisible :

— Tes cheveux repoussent…

Elle passa machinalement une main sur sa tête et lui adressa un sourire hésitant.

— Tu es sans doute fatigué ? hasarda-t-elle à mi-voix.

— Un peu, admit-il en se frottant de nouveau le front, comme s'il avait voulu effacer migraine et fatigue. Je te remercie de t'être occupée de Jessica.

— C'est normal. Elle ne pose aucun problème. C'est une petite fille gentille, obéissante, très tranquille.

— N'est-ce pas ? enchaîna-t-il d'un ton plein de tendresse.

— Tu veux du sucre ? proposa-t-elle.

Il secoua la tête.

— Non merci, pas de sucre.

Elle remplit sa tasse et la lui tendit. La tasse en porcelaine de Chine semblait minuscule dans sa grande main.

— Pourquoi une telle panique, tout à l'heure ? interrogea-t-elle, faisant référence à l'appel téléphonique de Stefan.

— Les grands-parents de Jessica sont brusquement tombés malades. Il n'y avait personne pour venir chercher la petite à l'école.

— Pas de voisins ? Pas d'amis ?

Il hocha la tête.

— Les grands-parents de Jessica n'aiment pas la confier à d'autres gens. Georges Bailey — son grand-père — l'a conduite à l'école ce matin, mais il s'est trouvé mal dans l'après-midi et Edna, sa femme, m'a téléphoné. Depuis les Etats-Unis, je ne pouvais pas faire grand-chose.

— Ce n'est pas la porte à côté, en effet, admit-elle en souriant. Alors tu as un peu paniqué ?

— Oui. D'autant plus que je ne parvenais pas à te joindre. Où étais-tu passée ?

— Je devais être au dépôt-vente...

— Qu'est-ce que c'est que cette boutique ?

— Un magasin qui vend différents objets que les gens viennent déposer. Le bénéfice des ventes va au profit d'œuvres de bienfaisance. Il m'arrive d'y faire des permanences.

Comme Stefan la dévisageait, tout étonné, elle expliqua posément :

— Il faut bien que je fasse quelque chose. Je ne peux pas passer mes journées à me tourner les pouces.

— Tu n'as pas besoin de te justifier, Alexa. Simplement, tu aurais pu me donner les numéros de téléphone où je pouvais te contacter en cas de besoin.

— Désolée, murmura-t-elle. Je n'avais pas pensé à ça.

Elle n'aimait pas cette façon indirecte dont il venait de la sermonner, ce ton de réprimande, si mesuré, comme s'il s'était adressé à une demeurée.

— Tu n'avais pas pensé non plus à l'étroitesse de cette cage à lapins, poursuivit-il en jetant un regard circulaire autour de lui.

— Je pensais avoir du temps avant le mois prochain. Je n'avais pas prévu de prendre en charge Jessica…

Il posa lentement sa tasse sur le plateau et émit un long soupir fatigué. Les yeux fixés sur le feu qui crépitait et jetait des lueurs orange et jaunes, il murmura :

— Excuse-moi. Cela ne sert à rien de critiquer ainsi les choses.

Il tourna un peu son fauteuil et étendit ses longues jambes devant lui, puis poursuivit d'une voix grave, tandis qu'il se passait lentement la main dans les cheveux :

— J'aurais dû m'y prendre plus tôt, confia-t-il avec amertume. Mais il m'était matériellement impossible de prendre Jessica en charge après la mort de ses parents. Je vivais dans une chambre très modeste à l'Institut où je travaillais…

Il s'interrompit et poussa de nouveau un long soupir.

— Ah, je suis tellement fatigué. C'est le décalage horaire. Dormir, dormir !… Il y a un hôtel dans le coin ?

— Oui, pas très loin. En continuant tout droit vers Canterbury, tu verras un hôtel sur la droite. Il y a probablement de la place à cette époque de l'année.

— C'est là que j'aurais dû réserver, marmonna-t-il, l'air mécontent. J'aurais dû réserver pour nous trois. Tu aurais été bien plus à l'aise là-bas…

— Je ne me plains pas, murmura-t-elle, tandis qu'elle l'observait.

Il s'était tassé un peu plus dans son fauteuil et la regardait fixement, les paupières à demi closes. Ses yeux étaient brillants.

— Tu as encore mal à la tête ? demanda-t-elle, préoccupée.

— Ça va un peu mieux. C'est surtout la fatigue.

— Veux-tu que je te prépare quelque chose à manger, une soupe ou autre chose…

— Merci. C'est gentil.

Elle se leva et se dirigea vers la petite cuisine. Elle se sentait totalement désespérée. La situation lui semblait sans avenir, bouchée. « Jamais je n'aurais dû l'épouser, se dit-elle amèrement. L'Alexa d'hier aurait pu tenter l'expérience, pas celle d'aujourd'hui. »

— J'ai acheté une maison pas loin de l'école, dit-il tranquillement, de la même manière qu'il aurait annoncé l'achat d'une nouvelle paire de gants.

Elle sursauta et fit tomber une cuiller qui tinta bruyamment sur le sol.

— Ne t'affole pas, poursuivit-il du même ton impassible, ce n'est pas une maison où je compte t'enfermer. Tu sembles terriblement nerveuse. N'oublie pas que tu as six semaines devant toi pour t'habituer à cette situation.

— Je ne suis pas nerveuse, protesta-t-elle mollement en revenant vers lui.

— Et ne te crois pas obligée de me faire la conversation ou de…

— Mais non, mais non, fit-elle, très perturbée.

Il fit une pause, fixa de nouveau le feu et reprit pensivement :

— Je me rends bien compte de l'erreur que j'ai commise, dit-il d'une voix éraillée. Dans l'état de fragilité qui est le tien actuellement, je n'aurais jamais dû accepter ta proposition…

Elle poussa un bref soupir.

— C'est la raison pour laquelle j'ai l'impression que notre mariage ne va pas marcher.

Il planta son regard vert droit dans ses yeux et répliqua calmement :

— Il faut que ça marche, et ça va marcher, Alexa. Je ne t'ai pas menti. J'ai été clair dès le départ. Je n'ai jamais fait semblant d'être différent de ce que je suis. La comédie n'est pas mon fort. J'avais besoin d'une épouse pour obtenir la garde légale de Jessica, et j'ai besoin que tu restes auprès de nous pendant une année entière. Ensuite nous pourrons divorcer, et tu choisiras le motif qui te plaît pour ce divorce. Tu recevras une pension raisonnable, et tu pourras reprendre la vie que tu souhaites. Mais je ne veux pas que tu renonces à l'engagement que tu as pris…

— Il n'est pas question que je renonce, l'interrompit-elle. Je voulais simplement dire que…

Elle laissa sa phrase en suspens. Que s'apprêtait-elle à dire ? Qu'elle était surprise par son envergure, par la puissance tranquille qu'il dégageait ? Par sa difficulté à admettre qu'il était son mari ?

Elle se redressa et reprit d'un ton volontairement ferme :

— Je voulais simplement dire que les choses ne vont pas être faciles pour nous, Stefan. Nous nous connaissons à peine, tu comprends ?

— Bien sûr, nous allons devoir passer par une période d'adaptation, confirma-t-il avec douceur. Je n'ai pas plus envie de ce mariage que toi. Cette situation constitue un arrangement de convenance. Mais nous saurons nous y faire, tu verras. J'avais besoin d'une épouse, pour une année. J'ai eu de la chance de la trouver. Maintenant il faut que tu cesses de te faire du souci. Jessica est gentille, douce, tranquille, et…

— Je le sais bien, coupa-t-elle, très remuée. Mais regarde dans quel état je suis ! Depuis mon accident, je ne suis que l'ombre de moi-même. Comprends que j'aie des hésitations. J'ai déjà du mal à me prendre en main, alors m'occuper en plus d'une enfant de six ans…

— Tu t'en occupes très bien. Je m'en suis tout de suite aperçu. Tu es allée la chercher à l'école, tu l'as accueillie chez toi… C'est formidable, tout ça !

Comme elle affichait une mimique sceptique, il poursuivit, d'un ton plus doux :

— Bon, je comprends les difficultés que tu viens de vivre. Tu as perdu tout ce qui t'était cher : ton travail, ta maison, Dav…

— Inutile de parler de David, coupa-t-elle sèchement.

— Mais tu ne peux pas effacer le passé d'un simple revers de la main, insista-t-il en décroisant ses longues jambes.

Oh, que si ! Elle avait tourné la page et ne se préoccupait plus des misères du passé. Mais Stefan, obstiné, continua d'une voix sévère :

— Ce type a vendu ta maison, te rends-tu compte ? Il a profité de ton séjour à l'hôpital pour tout liquider.

— Mais je n'avais pas payé le loyer, plaida-t-elle humblement.

— Evidemment ! Comment aurais-tu pu le payer ? Ah, non, je t'assure : ce David est lamentable. Il n'est même pas venu te voir à l'hôpital.

— Si, rectifia-t-elle. Il est venu une fois.

— Une fois ! gronda-t-il, révolté. Et par la suite il n'a pas donné de nouvelles. Il n'a ni écrit ni envoyé quoi que ce soit, à un moment où tu avais énormément besoin de lui.

Les larmes aux yeux, elle le supplia du regard.

— Parlons d'autre chose, je t'en prie, Stefan.

Il soupira, hésita, et grommela d'un ton écœuré :

— Il t'a bel et bien laissée tomber, Alexa. Il faut voir les choses en face. Ce type est un nul.

Elle le savait bien, mais cela lui faisait mal de l'entendre. Elle confia d'une voix à peine audible :

— Il fait partie de ceux qui ne peuvent supporter la laideur.

Elle avait passé machinalement une main sur ses cheveux ras.

— Tu n'es pas laide, protesta Stefan en la regardant au fond des yeux. Tu es blessée, simplement. Et tu es fragile.

Ils se turent pendant un long moment. Puis Stefan parut sur le point de reprendre la parole, mais il demeura silencieux.

Ce fut Alexa qui rompit le silence.

— En tout cas, je n'ai pas l'intention de te laisser tomber, Stefan. Tout ce que je souhaite, c'est un peu de temps pour m'habituer à cette situation nouvelle. Parle-moi de cette maison que tu as achetée. Tu ne m'en avais rien dit, petit cachottier !

Le visage de Stefan s'alluma un instant, et il sourit.

— J'ai contacté une agence immobilière et j'ai demandé qu'on me déniche une maison à proximité de l'école.

— Et tu l'as achetée sans même la voir ? fit-elle, stupéfaite.

— On m'a envoyé des photos.

— Mais on n'achète pas une maison en la jugeant uniquement à partir de quelques clichés !

— Pourquoi pas ? Les photos m'ont plu. J'ai signé. Et voilà. Cela étant, la maison n'est pas tout à fait prête. Nous ne pourrons emménager que dans huit jours. En attendant, nous irons à l'hôtel. Comprends-tu, Alexa, j'ai promis à ma nièce que nous formerions pour elle une vraie famille. Je ne peux pas revenir là-dessus.

— Je comprends, murmura-t-elle, songeuse.

Elle se rappela brusquement la soupe qu'elle avait mise à réchauffer pour Stefan et fila dans la cuisine où elle se mit à s'activer.

— Tu veux que je t'apporte ta soupe là où tu es ?

Comme il ne répondait pas, elle s'approcha de lui. Il avait les yeux fermés et semblait dormir. Dormait-il vraiment ?

— Stefan ? chuchota-t-elle.

Elle n'entendit pas de réponse, et perçut bientôt le souffle régulier du dormeur. Mais oui, il avait bel et bien sombré dans le sommeil…

Les reflets des flammes jouaient sur son beau visage. Elle s'immobilisa, fascinée, et l'observa durant un long moment. Quel beau profil, quel bel homme ! Ses pommettes hautes, qui lui venaient probablement de sa mère polonaise, lui donnaient un air fier. Ses sourcils, bien réguliers, formaient une courbe harmonieuse au-dessus de ses paupières baissées que prolongeaient de longs cils noirs. Le menton, volontaire, mettait en valeur sa bouche sensuelle, qui possédait une courbe particulièrement surprenante, un renflement tout enfantin de la lèvre supérieure.

Comme elle le contemplait dans une sorte d'hypnose, elle se demanda si cet homme était véritablement son mari. Elle ne savait rien, ou presque rien, de lui. Le mariage s'était déroulé à toute vitesse. Elle s'était sentie mal à l'aise, sans aucun charme, laide, et Stefan avait semblé particulièrement sinistre ce jour-là. Mais il s'était montré très prévenant, gentil, et, lorsqu'il avait passé l'alliance à son doigt, il avait tenté un sourire et lui avait même déposé un bref baiser sur la joue. Ils avaient dormi à l'hôtel, dans des chambres séparées. Le lendemain, il s'envolait pour les Etats-Unis...

Le regard toujours fixé sur Stefan, Alexa jouait machinalement avec son alliance, la faisant tourner autour de son annulaire. Elle savait que ce mariage ne constituait qu'un arrangement, une sorte de transaction. Elle eût souhaité davantage, bien sûr, mais cela était irréaliste.

Soudain, elle eut envie de tendre la main pour caresser ce beau visage endormi. De faire glisser ses doigts sur la joue, sur les cheveux, sur la bouche de cet homme, de cet étranger qui était son mari. Mais elle n'osait pas le réveiller. Comment aurait-il réagi en se réveillant ? N'avait-il pas clairement exprimé son souhait : avoir une épouse pour une année, pas pour la vie ?

Elle se demanda si Stefan avait déjà été vraiment amoureux. Puis elle se rappela David. Le contraste entre les deux hommes était on ne peut plus grand. David était mince, élégant, charmant, superficiel. Stefan, lui, offrait une image plus massive, plus sombre, plus puissante, et une personnalité plus difficile à cerner. Mais il aimait sa nièce, c'était un fait, et paraissait déterminé à lui offrir un foyer heureux, à lui faire oublier qu'elle était orpheline.

Alexa se souvenait des semaines passées avec Stefan en Roumanie. Tout cela lui semblait très lointain et pourtant, songea-t-elle, cela s'était passé l'année dernière. Il semblait être un autre homme, à présent. Les fous rires, les flirts, l'insouciance d'un bel été s'estompaient dans une brume lointaine. C'était du passé…

L'homme qui dormait devant elle constituait une énigme à ses yeux. Demain, sans doute, elle en saurait davantage. Il serait reposé. Il lui parlerait peut-être de lui, de ses projets…

Soudain, M. Jones sortit de la retraite qu'il avait choisie sous le fauteuil. Il la regarda, la tête penchée, comme s'il venait aux nouvelles. Il remua un peu la queue, sans frénésie.

— Eh bien ! Qu'est-ce que tu faisais là-dessous ? interrogea-t-elle en chuchotant. Tu en fais, une tête !

Elle alla décrocher le lourd manteau de Stefan et l'étendit sur lui. Il n'y avait pas de couvertures supplémentaires dans cette maison qui n'était pas la sienne.

Soudain, elle sursauta. Elle avait nettement entendu le bruit d'une clé dans la serrure.

Quelqu'un tentait d'entrer dans la maison !

Son cœur se mit à battre à toute allure.

Il fallait en avoir le cœur net. Elle marcha jusqu'à la porte et l'ouvrit d'un coup.

3.

— Mike, c'est toi ? s'exclama-t-elle d'une voix sourde.

— Eh bien oui, c'est moi ! Je peux entrer ? Tu as l'air de tomber des nues !

En effet, elle tombait des nues. Elle ne s'attendait pas à la visite de celui qui lui avait prêté cette petite maison. Au début, elle avait hésité à accepter l'offre, mais comme cela semblait alors rendre service à Mike, elle avait fini par accepter, pour un temps limité.

Et à présent, il rentrait manifestement d'un long voyage, il portait un gros sac à dos sur les épaules. Il poussa Alexa sans ménagement, d'un petit coup de coude, et entra d'autorité. En apercevant Stefan endormi devant la cheminée, il bougonna d'un air contrarié :

— Je t'avais prêté la maison *à toi*. Pas à des inconnus ! Oh, il y a même un chien ! On aura tout vu ! Mais combien êtes-vous donc ici ?

— Calme-toi et parle moins fort, grommela Alexa. Tu vas réveiller tout le monde. Si tu m'avais prévenue de ton retour, cet incident désagréable ne serait pas arrivé. Et te rends-tu compte de l'heure qu'il est ? Plus de 1 heure du matin ! Tu exagères vraiment !

— Mais je suis chez moi !

— Tu as insisté pour que j'occupe cette maison pendant quelque temps. Cela me donne quelques droits, non ?

Les sourcils froncés, l'air buté, Mike observait le chien qui s'était mis en boule non loin de Stefan qui dormait toujours.

— J'espère qu'il est propre, celui-là, marmonna-t-il.

— Tu parles de Stefan ou du chien ? Rassure-toi : aucun des deux ne fait ses besoins par terre !

— Quand tu t'y mets, c'est fou ce que tu es drôle, Alexa, rétorqua Mike, glacial.

Avec ses cheveux blonds, son beau visage bronzé par le soleil des tropiques, il ressemblait à un écolier de retour de vacances. Il enleva son lourd sac à dos et le posa dans un coin de la pièce.

— Je n'ai plus qu'à dormir ici, annonça-t-il, résolu. Je ne vais tout de même pas aller à l'hôtel à 2 heures du matin.

— Alors tu vas devoir occuper le deuxième fauteuil, décida Alexa.

Comme le propriétaire des lieux se laissait tomber dans le fauteuil en question, il marmonna entre ses dents :

— Tu n'as pas mis longtemps à remplacer David, à ce que je vois.

Piquée au vif, Alexa saisit brusquement Mike par le revers de son blouson. Elle était furieuse.

— Tu as beau être chez toi, cela ne te dispense pas de rester poli. Je ne veux pas t'entendre. Surtout si tu fais ce genre de commentaires.

— Mais…

— Tais-toi ! gronda-t-elle, hors d'elle. Je ne veux plus t'entendre. Moi, je vais me coucher !

Elle lui tourna le dos et marcha jusqu'à la chambre où elle avait installé Jessica. Bouillant de rage, elle faisait un effort sur elle-même pour se calmer. Il y a deux ans, elle aurait trouvé la situation très amusante. Mais pas aujourd'hui. Il n'y avait pas grand-chose qui l'amusait, à présent. Elle était une femme blessée.

Toujours irritée, elle se déshabilla à la hâte et enfila son pyjama. Puis elle ferma la porte d'un tour de clé. On ne savait jamais, avec ces inconnus. Or les deux hommes qui se trouvaient dans la maison étaient des inconnus pour elle.

Elle grimpa prudemment dans le lit où Jessica dormait et s'étendit près de la fillette.

Elle resta un long moment à regarder le plafond, un rectangle gris où s'inscrivaient ses pensées et ses doutes : « Le médecin te l'a bien dit, il faut rester calme en toutes circonstances, ne pas s'énerver, ne pas s'irriter… » Oui, c'était facile à dire pour un docteur, pas facile à faire pour une patiente trop impatiente, qui avait passé ces derniers mois à souffrir. A la suite du grave accident qu'elle avait subi, elle avait vu sa liaison brisée, son travail anéanti et, pour couronner le tout, avait accepté de faire un mariage de comédie qui se révélait plutôt tragique. Enfin il lui fallait à présent prendre soin d'une petite fille tombée du ciel, qui avait besoin d'amour et d'attention. Tout cela n'était pas simple à vivre…

Le plus important, cependant, était cette enfant si étrange, si peu liante, qui semblait vivre dans une mystérieuse bulle n'appartenant qu'à elle. Elle se promit de tout faire pour rendre Jessica heureuse.

Alexa se tourna vers la petite qui dormait toujours comme un ange, et remonta doucement la couverture jusqu'à son menton.

Puis, fixant de nouveau le plafond, elle ferma les yeux un instant. Lorsqu'elle les rouvrit, il faisait jour, et M. Jones grattait fébrilement la porte pour sortir.

Elle ouvrit tout à fait ces yeux et découvrit le regard de Jessica posé sur elle.

— Bonjour, mon petit amour. Tu as bien dormi ?

La fillette fit « oui » de la tête et continua à la fixer de ses grands yeux remplis de mystère.

— Allons voir si ton oncle est réveillé, déclara-t-elle en se levant d'un mouvement énergique. Mais d'abord, il faut te mettre quelque chose sur le dos !

Elle attrapa le chandail qu'elle avait mis la veille et le fit enfiler à Jessica. Le bas du chandail arrivait aux chevilles de la petite fille. Mais elle aurait bien chaud, ainsi.

Lorsqu'elle ouvrit la porte de la chambre, M. Jones bondit joyeusement à l'extérieur.

Stefan était déjà debout. Il sirotait son thé dans la minuscule cuisine qui, par contraste avec son imposante stature, ressemblait à une niche de chien.

Lorsqu'il aperçut sa nièce, son visage s'éclaira et il lui adressa un sourire si lumineux qu'Alexa en fut presque jalouse. Comme elle aurait aimé qu'on lui adresse un tel sourire !

Le visage de Stefan, qui n'était pas rasé, semblait recouvert d'une ombre douce. Avec ses cheveux noirs en désordre, il avait quelque chose d'un pirate du XVIIIe siècle.

Il posa sa tasse, prit Jessica dans ses bras et la serra un moment contre lui en frôlant sa fine chevelure de ses lèvres. Puis il se tourna vers Alexa et annonça d'un ton sec :

— Il y a un type, là, dans le salon. Tu le connais ?

— Oui, c'est Mike, le frère de Helen. Cette maison lui appartient. Il revient d'un voyage en Australie.

— Qui est Helen?

— Une très bonne amie à moi.

C'était chez Helen qu'elle avait entreposé toutes ses affaires pendant cette période de nomadisme.

Alexa ouvrit la porte d'entrée pour que le chien sorte dans le jardin, mais elle accrocha maladroitement, au passage, un balai qui heurta le bras de Stefan.

— Oh, pardon ! s'exclama-t-elle, confuse. Je suis vraiment maladroite !

— Ce n'est rien, bougonna ce dernier.

— Il fait frisquet, ce matin, dit-elle en observant machinalement M. Jones qui courait à toute allure en faisant de grands cercles.

Puis, fermant soigneusement la porte, elle demanda :

— Est-ce qu'il reste du thé ?

Stefan hocha affirmativement la tête et dit :

— Je t'en avais préparé, mais je n'ai pas pu te l'apporter. Ta porte était fermée.

Elle se sentit rougir légèrement.

— Ah oui, c'est vrai. J'avais fermé à clé.

Cela n'avait pas l'air de gêner Stefan. Il enchaîna d'un ton presque jovial :

— J'ai allumé le feu pour toi.

Alexa pensa aussitôt à un autre feu et se demanda s'il n'avait pas allumé aussi ce feu-là à l'intérieur d'elle-même. Un feu encore modeste, mais qui brûlait, et lui donnait cette soif amoureuse qui… « Allons, je ne vais pas me mettre à fantasmer », se dit-elle secrètement, avant de répondre d'une voix sans relief à la remarque de Stefan.

— Merci, c'est gentil.

Il sourit, mais ce n'était pas son sourire d'autrefois, ce sourire dévastateur qui l'enchantait et la remplissait d'allégresse. Le sourire d'aujourd'hui était quelque peu machinal, conventionnel. Un sourire que l'on adresse à tout le monde, à l'employé des postes ou à l'épicière. Et ce sourire-là ne lui plaisait guère. Stefan était manifestement soucieux.

« Je comprends qu'il soit inquiet à cause de Jessica », se dit Alexa en observant l'enfant qui se serrait contre son oncle avec une ferveur totale.

Stefan se mit à rire, car Jessica l'étranglait avec une passion folle. Il se dégagea et lui fit un baiser esquimau, nez contre nez.

Alexa souriait pensivement tout en les observant. Elle se sentait exclue de cette tendre scène, dont elle n'était — hélas ! — que spectatrice.

— Allez donc dans le salon, proposa-t-elle, la gorge serrée. Je vais préparer le petit déjeuner.

Les yeux verts de Stefan se posèrent un instant sur elle, avec une nuance de moquerie et de provocation.

— Tu veux que je réveille ton Mike ? proposa-t-il en souriant.

— Il n'est pas « mon Mike ». Laissons-le dormir.

Elle se disait qu'il était préférable de laisser le propriétaire des lieux dans son coin. Et s'il dormait, c'était encore mieux : au moins, pendant ce temps, il ne ferait pas d'histoires...

Elle se versa une tasse de thé et alla ouvrir la porte du jardin car M. Jones, qui grattait depuis un moment contre le bois, avait envie de se mettre au chaud. Il avait fait son tour et ses besoins, et il en avait assez de ce froid qui lui gelait les pattes.

Depuis son accident, Alexa n'était pas du matin. Il lui fallait un certain temps et plusieurs tasses de thé pour vraiment émerger des brumes de la nuit. Le plus difficile pour elle, à cette heure matinale, c'était de parler. Elle n'en avait aucune envie.

Elle s'adossa contre l'évier de la cuisine, sa tasse de thé réchauffant ses deux mains. Un bâillement irrépressible la surprit et elle ferma les yeux. Elle crut percevoir comme un flottement, et le temps sembla soudain suspendu. Des images se bousculaient dans sa tête : Jessica, Stefan, Mike...

Elle rouvrit les yeux. Elle ne sut combien de temps avait duré cet état vaporeux : une demi-heure ? Quelques secondes ? Il lui sembla qu'elle ne parvenait pas à maîtriser ni ses pensées, ni ses sentiments, ni ses perceptions. Décidément, l'accident l'avait bien changée !

Elle sentit le regard de Stefan posé sur elle. Il demanda d'un ton affable :

— Je peux aller à la salle de bains ? J'aimerais bien prendre une douche et me raser.

— C'est tout petit, je te préviens, dit-elle en souriant.

— Je sais, fit-il en se dirigeant vers la salle d'eau.

Alexa eut un nouveau bâillement. Assurément, elle manquait de sommeil. Ou plutôt, d'amour, pensa-t-elle avec une amertume secrète. En tout cas, sa vie n'était pas ce qu'elle aurait dû être, et elle ressentait une sorte de creux à l'âme.

— Jessica a l'habitude de prendre du porridge pour son petit déjeuner, précisa Stefan dans l'entrebâillement de la porte qu'il referma aussitôt.

Du porridge, se répéta-t-elle. Est-ce qu'il y avait du porridge dans le placard ? Elle se passa une main sur le front. Comme la vie était difficile, parfois, et comme la moindre chose, alors, pouvait poser problème !

Elle se souvint soudain qu'elle avait oublié d'allumer la chaudière, hier soir. Ce qui signifiait que la douche de Stefan allait être glacée ! Elle se précipita sur l'interrupteur et le mit en position « marche », mais c'était sans doute trop tard. Comment allait-il réagir ?

Comme elle cherchait Jessica, elle s'avança dans le salon et vit que la petite fille était en train de jouer avec une jolie poupée habillée de rouge et de bleu devant le feu de cheminée. C'était sans doute son oncle qui la lui avait donnée.

Désœuvrée, elle retourna dans la cuisine, s'adossa à l'évier et continua de siroter son thé qui tiédissait.

Comme elle était plongée dans sa rêverie, elle entendit la porte de la salle de bains s'ouvrir de nouveau, et aperçut un corps à demi nu, bronzé, qui la troubla étrangement.

Oh, comme elle aurait aimé caresser ce torse puissant, ces bras vigoureux, comme elle aurait voulu se jeter au cou de cet homme qui était son mari !

Mais il n'était qu'un étranger ! se dit-elle pour se convaincre. Il ne s'agissait entre eux que d'un mariage de convenance, elle le savait bien. Alors pourquoi fantasmer, pourquoi rêver ?

Elle fit un effort pour bouger. Il ne fallait pas rester ainsi à rêvasser inutilement. Elle ouvrit le placard et finit par trouver une boîte de porridge. C'était déjà ça… Elle posa le paquet sur la table et croisa brusquement les bras, perplexe. Ce manque, qui lui creusait le ventre et le cœur, c'était certainement un manque d'amour. Elle était en manque d'amour et de plaisir, voilà tout ! Mais Stefan était un ami, rien de plus, se dit-elle de nouveau en articulant intérieurement chaque syllabe afin de se rendre à l'évidence : « un a-mi, un a-mi ». Et elle ne le désirait pas.

« En es-tu bien sûre ? interrogea une petite voix en elle-même. Ne te rappelles-tu pas ces soirées en Roumanie, lorsque vous flirtiez passionnément tous les deux ? N'était-ce pas du désir, alors ? »

Elle ne pouvait s'empêcher de comparer Stefan à David. Ce n'était pas le même courant qui passait. Les deux hommes étaient radicalement différents. Stefan lui faisait un tout autre effet.

Après qu'ils eurent pris leur petit déjeuner, en silence, car Mike dormait — ou faisait semblant de dormir —, Alexa prit une douche froide, forcément, et s'habilla. Lorsqu'elle fut prête, toutes les idées folles qui lui étaient passées par la tête s'étaient envolées. Elle se sentait prête à affronter la réalité.

Elle lava Jessica et l'habilla avec des vêtements propres qu'avait apportés Stefan. Elle s'assura que la petite fille se lavait bien les dents et remit dans un sac à part les vêtements qu'elle avait portés la veille.

Après avoir accompli ces diverses tâches, elle se tourna vers Stefan et l'interrogea d'une voix hésitante :

— Et maintenant, que…

— … que faisons-nous ? Eh bien voici : d'abord, je conduis Jessica à l'école. Ensuite je réserve des chambres pour nous à l'hôtel. Enfin je reviens te chercher.

Elle approuva de la tête. Le programme lui paraissait raisonnable. Après un rapide coup d'œil à l'horloge, elle alla prendre le chapeau et le manteau de Jessica et habilla chaudement la fillette. Ce fut Stefan qui, à genoux, termina le boutonnage du petit manteau. Quand ce fut fait, il interrogea du regard sa nièce qui se laissait faire docilement.

— Il faudra que tu me montres où se trouve l'école, mon trésor. Je n'y suis pas encore allé. Et puis tu n'oublieras pas de me dire à quelle porte il faudra que je t'attende. Il doit y avoir plein de portes, dans cette école, tu comprends ?

La petite fille le contemplait d'un air grave, presque solennel.

— Et si je t'attends à la mauvaise porte, je ne te trouverai pas, poursuivit Stefan en roulant des yeux inquiets.

Jessica hocha légèrement la tête, de manière brève, pour montrer qu'elle avait compris.

Stefan posa délicatement ses grandes mains sur les épaules de la fillette.

— Bon, alors on fait comme ça. Tu me montres l'endroit exact où je viendrai te chercher, et puis, quand on rentrera, tu me raconteras tout ce que tu as fait à l'école : lecture, écriture, dessins...

Jessica tourna la tête et fixa un instant Alexa et M. Jones d'un regard inquiet.

— Nous serons là, dit immédiatement Alexa d'un ton rassurant. Nous serons là, moi et M. Jones. Il aime bien qu'on lui fasse la lecture.

Une lueur d'hésitation passa dans le regard de Jessica, l'espace d'une seconde, puis l'enfant se mit à sourire et prit d'autorité la main de son oncle qui se releva.

— On y va ? proposa gaiement Stefan.

Jessica fit un signe affirmatif. Alexa ouvrit la porte et ils sortirent.

Lorsqu'elle eut refermé doucement la porte derrière eux, elle se retourna. Mike était là, en train de l'observer.

— Tiens, Alexa, tu es là ? lança-t-il d'un ton railleur et provocant.

— Eh bien, non ! Je ne suis plus là, justement, répondit-elle du tac au tac. Je fais mes valises et je m'en vais, figure-toi.

Elle alla jusqu'à la chambre, saisit sa valise qui se trouvait sur l'armoire et commença d'y empiler ses affaires qu'elle décrochait au fur et à mesure du placard. Elle sentait le regard de Mike qui l'observait, derrière elle, mais n'en avait cure. Il s'était appuyé contre le mur de la chambre, près de la porte, les bras croisés, et faisait une drôle de grimace.

— Ecoute, Alexa, il faut me comprendre. Je ne m'attendais pas à… Enfin, je veux dire : comment réagirais-tu si tu rentrais chez toi en découvrant que ta maison est occupée par des inconnus ? *Et* par un chien ! Un chien, Alexa ! Je t'avais pourtant bien prévenue : pas de chiens chez moi !

— J'avais oublié ce détail, commenta-t-elle, impassible.

Elle l'avait d'autant plus oublié qu'il n'avait jamais rien mentionné à ce sujet. Mais qu'importait. Toujours affairée à ses rangements, elle remplissait sa valise avec une joyeuse obstination. Elle se retourna un instant.

— Il y a quelques réserves dans le frigo, dans les placards. Je te remercie de m'avoir prêté ta maison, dit-elle sèchement.

Mike soupira tristement.

— Je t'assure, Alexa, il ne faut pas prendre ainsi la mouche…

— Si. Je prends la mouche, comme tu dis.

— Mais où vas-tu aller ?

— Je ne sais pas.

Il se gratta la tête avec une expression désespérée qui faisait presque peine à voir. Il se rendait compte, à présent, de la manière plutôt cavalière avec laquelle il avait repris possession des lieux. Et il s'apercevait également qu'il était impossible de retirer ce qu'il avait déclaré à propos des inconnus et du chien. C'était trop tard. Alexa allait partir et il se retrouverait tout seul, chez lui, comme un idiot.

— Tu as le don pour déstabiliser les hommes, commenta-t-il, désespéré.

— Ah bon ? fit-elle, indifférente.

Elle ressentait une joie nouvelle, un réel plaisir à la perspective de quitter cette maison trop petite, cet endroit où elle ne s'était jamais sentie chez elle.

Sa valise était terminée, à présent. Elle la boucla et la saisit d'une main hardie. Mais Mike lui barrait le chemin. Il se tenait dans l'encadrement de la porte, le visage mortifié.

— Laisse-moi passer, ordonna-t-elle avec autorité.

— Voyons, Alexa, tout cela est absurde !

Elle posa sa valise d'un geste sec et le fixa droit dans les yeux.

— Ecoute, Mike. Dans cette minuscule maison, il n'y a pas de place pour deux. Tu es rentré. Très bien. Alors moi, je m'en vais. C'est aussi simple que cela. Merci de m'avoir prêté la maison. Ça m'a dépannée, et toi, ça t'a rendu service : j'ai gardé les lieux propres, accueillants, et ma présence — ainsi que celle du chien — a peut-être dissuadé d'éventuels voleurs. Nous sommes quittes.

— As-tu des nouvelles de lui ? interrogea-t-il tout à trac.

— De qui ? Du chien ?

— Non. De David.

Elle fronça les sourcils avec irritation.

— Non. Je n'en ai aucune, répondit-elle froidement. Et je n'ai pas envie d'aborder ce sujet.

— Helen m'a dit que…

Comme il hésitait à poursuivre, elle enchaîna d'un ton glacial :

— Helen a dit quoi ?

— Elle a vu David en ville.

Alexa sentit comme une petite pique lui transpercer le cœur. Mais elle fit comme si la douleur n'avait pas existé. Elle reprit sa valise et la posa près de la porte d'entrée.

— Pourquoi ne vas-tu pas le voir, Alexa ? insista Mike d'un ton conciliant. Tu pourrais lui demander la raison qui a fait que…

— Je ne veux surtout rien lui demander, coupa-t-elle avec agacement. Et j'aimerais que tu te mêles de ce qui te regarde, conclut-elle d'un ton sec.

Elle alla prendre son manteau et son écharpe, saisit son chapeau qui était suspendu à une patère et dit d'une voix ferme :

— Je vais promener le chien quelques minutes. Si Stefan revient pendant mon absence, dis-lui que je reviens tout de suite.

Elle accrocha la laisse au collier de M. Jones et sortit.

Comme elle marchait dans la rue, tirée par le chien qui reniflait toute odeur insolite sur son passage, elle songeait à David. Oh, il n'était pas question qu'elle aille le voir. Il n'avait pas donné de nouvelles pendant des mois, et ce n'était pas à elle de le relancer. Elle se sentait à la fois humiliée et blessée par cette indifférence, par cet abandon inexpliqué. Mais un sentiment nouveau commençait à poindre en elle : la colère. Elle avait de plus en plus de mal à admettre un comportement inqualifiable chez celui qui avait partagé peu ou prou sa vie. Elle n'avait jamais été vraiment amoureuse de lui, mais les gens, autour d'eux, pensaient le contraire. Helen, par exemple. C'est bizarre, l'idée que les gens se faisaient de la vie des autres, de leurs sentiments. Ils avaient l'impression de comprendre, et souvent ils ne comprenaient rien.

Tandis qu'elle tournait ces idées dans sa tête, elle se rendit compte qu'elle avait fait le tour habituel et que la promenade du chien était terminée. De nouveau, elle se trouvait devant la minuscule maison où elle avait passé quelques semaines.

Stefan n'était pas encore rentré, mais Mike était douché, rasé, habillé, et lui offrit une tasse de thé. Elle fit le tour de la maison pour s'assurer qu'elle n'avait rien oublié.

Mike fit de nouveau une timide tentative. Sans doute craignait-il de se retrouver seul dans sa petite maison, car il insista d'un ton larmoyant :

— Je suis désolé, Alexa…

— Tout est réglé, maintenant, commenta-t-elle.

— Mais où vas-tu aller ?

— Je vais suivre Stefan. Je ne sais pas encore très bien où. Et je vais m'occuper de sa nièce.

Elle aurait sans doute dû lui expliquer qu'elle s'était mariée, mais bizarrement les mots pour le dire se refusaient à elle. Elle n'avait mis personne au courant. Et personne n'avait remarqué son alliance. Ou, du moins, si certains l'avaient remarquée, n'en avaient-ils rien dit. Pas de commentaires…

Lorsqu'on frappa à la porte, elle alla ouvrir : c'était Stefan.

En découvrant l'expression de son visage, elle se figea brusquement. Il souriait d'une étrange façon. Un sourire sans joie.

— Que se passe-t-il ? interrogea-t-elle d'une voix blanche.

— L'hôtel n'accepte pas les chiens, expliqua-t-il d'un ton neutre. On y va ?

— Oui, mais où ?

— C'est à toi ? fit-il en désignant la valise.

— Oui.

Il l'empoigna et la porta jusqu'à sa voiture. Elle le suivait des yeux, désemparée. Il revint vers elle et, toujours sur le même ton, demanda :

— Il y a autre chose ?

— Le panier du chien et le sac avec ses boîtes. Mais où allons-nous, Stefan ?

— A la maison. Mais il ne faudra pas être trop exigeante.

— Mais… tu m'as dit que cette maison n'était pas disponible avant quelques jours ! Ah, je comprends pourquoi tu me dis qu'il ne faudra pas se plaindre !

Il lui adressa un sourire entendu et s'empara du panier du chien d'une main et du sac de l'autre.

— Ce sera tout ?

— Oui, murmura-t-elle, tout émue par ce départ soudain, et excitée par ce brusque changement de vie.

Elle fit un petit signe de la main, en signe d'adieu, à Mike dont le visage marquait la consternation. Puis elle se dirigea vers la voiture.

C'est alors qu'elle aperçut quelqu'un qu'elle ne souhaitait pas voir. Il s'agissait de Doug, le responsable du magasin où elle donnait régulièrement un coup de main au profit des œuvres de bienfaisance. C'était un garçon élancé, vif, curieux qui, lui, avait remarqué son alliance.

Il tombait plutôt mal, mais elle comprit vite qu'il serait impossible de l'éviter : il venait droit sur elle.

— Qu'est-ce qu'il se passe, Alexa ? interrogea-t-il aussitôt.

— Mais rien, Doug.

— Où vas-tu donc comme cela ? insista-t-il, intrigué.

— Je m'en vais.

— Tu t'en vas où ?

Quel casse-pieds, ce Doug ! Il arrivait juste au moment où elle n'avait aucune envie d'expliquer quoi que ce soit.

— Excuse-moi, Doug. Je n'ai pas le temps…

Doug tourna la tête vers la maison de Mike et aperçut ce dernier qui restait planté sur le seuil, l'air défait.

— Tu ne peux pas partir ainsi, Alexa, reprit Doug qui avait l'air chaviré. C'est à cause de Mike ?

Elle avait envie de répliquer vertement : « De quoi je me mêle ? », mais elle se retint, par politesse. Elle avait été bien éduquée, et restait courtoise dans la plupart des occasions. Jusqu'à un certain point, du moins…

— Oui, c'est à cause de Mike, répondit-elle à contrecœur.

Doug, campé au milieu du trottoir, lui barrait le chemin.

— S'il te plaît, Doug. Laisse-moi passer.

Stefan, à quelques pas de là, était en train d'installer les bagages dans la voiture. Il lança d'une voix impatiente :

— Tu es prête, Alexa ?

— J'arrive.

Comme elle tentait de passer, Doug essaya de la retenir par le bras. C'est à ce moment-là que Stefan fit un pas menaçant vers ce dernier. Doug fixa le colosse d'un œil effrayé, puis se mit à rougir comme un enfant qu'on vient de surprendre dans un lieu interdit. Le dos rond, Doug s'éclipsa sans un mot.

Stefan ouvrit le hayon arrière et fit monter le chien qui s'installa aussitôt à l'intérieur de la voiture, l'air satisfait, la queue frétillante. Puis il ouvrit tout grand la portière côté passager afin qu'Alexa prenne place, et vint s'asseoir à son tour.

— En route pour de nouvelles aventures ! lança-t-il sur un ton à la fois satisfait et réjoui.

Doug, qui n'avait manifestement pas dit son dernier mot, et semblait animé par une témérité renouvelée, toqua à la vitre de la portière, tout près d'Alexa. En soupirant, la jeune femme baissa la vitre.

— Oui, Doug ? interrogea-t-elle d'une voix lasse.

— C'est qui, lui ? questionna Doug à mi-voix, l'air inquiet.

— Son mari, gronda Stefan. Cela vous pose-t-il problème, jeune homme ?

— « Son mari... » répéta stupidement Doug, stupéfait. Mais...

— C'est comme ça, mon vieux, conclut Stefan en pressant un index autoritaire sur la commande de la vitre qui se ferma au nez du malheureux Doug.

Mais Stefan se ravisa soudain et abaissa de nouveau la vitre. Lorsqu'elle fut à mi-hauteur, il lança d'un ton facétieux :

— Pas d'autres questions ?

Le pauvre Doug hocha la tête, une drôle de tête, avec un drôle de rictus. Stefan enclencha la première et démarra.

— Ce n'était pas la peine d'être aussi dur, lui reprocha Alexa en souriant. Doug va prendre cela très mal.

— Je n'ai pas été dur. J'ai été simplement direct. Il ne savait pas que tu étais mariée ?

— Non. Si. Enfin, nous n'en avons jamais parlé, lui et moi.

— Tu en as discuté avec d'autres ?

— Non, avoua-t-elle, mal à l'aise, et en proie à un vague sentiment de culpabilité.

— C'est qui, ce type ?

— Un ami. Il s'occupe du magasin qui collecte les dons pour des œuvres de charité.

Stefan resta silencieux quelques instants, puis il tourna la tête d'un mouvement bref vers Alexa et annonça d'une manière à la fois ferme et tranquille :

— Nous sommes mariés, toi et moi, Alexa. Que cela soit bien entendu. Et qu'on le sache. Tu es une épouse aimante et heureuse. Point final.

« Ou plutôt, points de suspension », songea-t-elle en pensant à leur contrat initial : un mariage d'une durée limitée à un an. Mais elle ne releva pas le commentaire de son mari. Au contraire, elle opta pour la méthode douce. Ce n'était vraiment pas le moment de faire des vagues.

— Désolée, dit-elle docilement.

— Désolée pour quoi ?

— Pour tout.

— Ce n'est pas ta faute, résuma-t-il d'un ton conciliant mais où perçait néanmoins une certaine déception.

— Tu regrettes ce mariage, n'est-ce pas ? lâcha-t-elle, tourmentée.

Sur l'instant, il ne répondit pas. Puis il émit un soupir et reprit d'une voix grave :

— Il ne s'agit pas de cela, précisa-t-il. J'essaye simplement de m'adapter.

Et c'est avec un sourire teinté de mélancolie qu'il ajouta, sans la moindre agressivité :

— C'est bizarre : quand tu es là, les choses semblent plus compliquées.

Elle soupira amèrement.

— Mon père me le disait souvent : je suis compliquée, murmura-t-elle, le cœur douloureux.

Elle regardait le paysage défiler, les arbres, les champs, les maisons, les jardins gelés par les frimas de l'hiver. De longues traces de givre recouvraient les zones que le soleil ne parvenait pas à réchauffer. Alexa se dit qu'il en était de même pour son cœur, qui demeurait, lui aussi, à l'ombre du bonheur. En fait, il était enveloppé d'un écrin glacé que personne n'était là pour faire fondre.

Stefan, lui aussi, semblait ailleurs, constata-t-elle en tournant légèrement la tête. Il ne fallait pas dramatiser, pensa-t-elle. Tout allait sûrement s'arranger. Il suffisait d'un peu de temps, et de quelques concessions de part et d'autre. Il n'était pas si simple de vivre ensemble, surtout quand on ne se connaissait pas, et qu'on avait conclu ce type d'arrangement.

Brusquement, la voiture se mit à ralentir, puis Stefan freina et s'arrêta complètement. Alexa se tourna alors vers son tout nouveau mari, cet inconnu si impressionnant, si beau, et si mystérieux…

Il avait l'air très pensif.

A quoi songeait-il donc ? Elle n'en avait aucune idée. Elle aimait bien, pourtant, savoir où elle en était avec les gens. Elle aimait bien savoir où elle allait. Hélas, ce n'était pas le cas présentement. Elle avait l'impression d'être dans un brouillard qui obstruait totalement son horizon.

Comme Stefan se redressait un peu sur son siège, elle suivit la direction de son regard et découvrit une grande et vieille bâtisse située tout en haut d'une colline.

« Ce n'est pas l'endroit idéal pour vivre », pensa-t-elle immédiatement. C'était une maison austère, qui semblait ouverte à tous les vents, à toutes les pluies, à toutes les froidures. Une maigre haie de conifères longeait une des façades, comme si l'on avait tenté de protéger la demeure contre les vents qui soufflaient en méchantes rafales. Une pelouse desséchée descendait jusqu'à la route, sans rien pour la protéger : ni barrière ni murs. Le tout n'était pas très gai.

Comme s'il avait lu dans ses pensées, Stefan, toujours assis devant le volant, murmura :

— Ils vont réaménager le jardin dès le printemps.

— Pardon ?

— Je veux dire : les architectes paysagistes.

— Ah bon, fit-elle d'un ton morne.

Ils restèrent silencieux une longue minute, et Alexa reprit d'une voix triste :

— L'endroit est un peu… austère.

— Je ne m'attendais pas à vivre dans une maison comme celle-là, admit-il à voix basse, comme s'il se parlait à lui-même.

— On dirait qu'il y a quelqu'un sur le seuil, remarqua-t-elle.

— Oui, il y a quelqu'un.

— C'est l'agent immobilier ?

— Non.

Il se tourna vers elle et annonça sur un ton inquiet :

— Quoi que dise cette personne, quoi qu'elle fasse, laisse-moi répondre, laisse-moi faire. C'est entendu ?

— D'accord, dit-elle, le cœur serré.

— Et souris, Alexa. N'oublie pas que nous sommes de jeunes mariés, très amoureux.

— Bon, je ferai ce qu'il faut. Mais dis-moi qui est cette femme.

— C'est l'assistante sociale mandatée par le Tribunal. Elle est là pour Jessica, évidemment. Il s'agit de ne pas la contrarier. Elle a le pouvoir de nous enlever ma nièce.

4.

— L'assistante sociale ? répéta Alexa, stupéfaite. Mais je croyais que tout était réglé du côté du Tribunal ?

— En effet : tout a été arrangé.

Alors pourquoi le Tribunal avait-il dépêché cette femme jusqu'ici ? Alexa devina que de nouveaux ennuis les guettaient.

Stefan roula sur un chemin de terre qui menait jusque devant la maison et se gara près d'une camionnette d'entreprise de travaux.

La femme qui les attendait sur le seuil semblait complètement transie. Elle devait avoir entre vingt-cinq et trente ans, se dit Alexa, inquiète de ce qui allait se passer.

— Souris, ordonna Stefan entre ses dents.

Ils sortirent de voiture, et il répéta d'un ton autoritaire :

— Souris donc !

Elle tira ses lèvres autant qu'elle put et afficha un sourire qui devait être, se dit-elle, totalement artificiel. C'est à ce moment que Stefan se pencha sur elle et l'embrassa à pleine bouche.

Un vrai baiser, chaleureux, ardent, émouvant…

Lorsqu'il se détacha d'elle, elle le fixa, stupéfaite, et lut dans son regard un signe d'avertissement. Bien, elle avait compris. Elle sourit pourtant, transportée par ce baiser inattendu, un vrai baiser, de ceux qui font courir des frissons dans tout le corps et vous transportent dans un monde merveilleux.

Stefan se tourna vers la jeune femme qui les attendait.

— Mademoiselle Patterson, lança-t-il d'un ton poli en guise de salut.

— Monsieur Blake, répondit-elle d'une voix aussi glaciale que l'air ambiant.

Les politesses faites, on allait pouvoir entrer dans le vif du sujet, songea Alexa, et l'assistante sociale n'allait sans doute pas tarder à passer à l'attaque.

Stefan poussa la grosse porte d'entrée et montra le chemin aux deux femmes. Le chien était toujours tenu en laisse par Alexa, et ses griffes produisaient un cliquettement sonore sur le parquet de bois. Dans la pièce qu'ils traversèrent, un luxueux tapis mettait en valeur une table ancienne sur laquelle était posé un vase avec des fleurs artificielles. Alexa détestait les fleurs artificielles, mais ce n'était pas le moment de le faire remarquer. S'ils devaient habiter ici, la première chose qu'elle ferait serait de mettre ces horribles reproductions à la poubelle. Ainsi que Stefan le lui avait conseillé — ou plutôt ordonné — elle s'efforçait de sourire, ce qui lui faisait mal aux joues.

— Il fait vraiment très froid ici, commenta Mlle Patterson. Presque autant qu'à l'extérieur.

Alexa remarqua que le nez de l'assistante sociale avait viré au bleu.

Stefan tourna la tête vers sa femme et demanda d'un ton dégagé :

— Ma chérie, peux-tu aller vérifier que le chauffage central est branché ?

Alexa comprit que Stefan adoptait ce ton pour montrer à la visiteuse que leur mariage était le plus banal qui soit, avec ses questions et son train-train quotidiens.

— J'y vais, répondit-elle, le sourire aux lèvres.

Elle se dirigea vers le fond de la salle, espérant que c'était bien par là que se trouvait la cuisine. M. Jones, qu'elle avait détaché, la suivait.

Très intriguée, elle se demandait pourquoi diable le Tribunal avait jugé bon de leur envoyer un représentant. Comment, au juste, avaient-ils obtenu leur nouvelle adresse ?

Elle entendit des bruits métalliques d'outils qui frappaient la pierre, et se dirigea dans cette direction. C'était bien la cuisine. Ou plus exactement, ce serait plus tard la cuisine, car, pour le moment, ce n'était qu'un chantier où s'activaient deux ouvriers qui la saluèrent en portant un doigt à leur casquette. Le sol était jonché de tuyaux, de fils électriques et d'une multitude d'objets qu'on voit ordinairement sur les chantiers.

— Je souhaiterais brancher le chauffage central, si la chose est possible, dit Alexa.

— On se préparait justement à le faire, répondit l'un des ouvriers d'un air jovial.

Il se dirigea vers un panneau qui pendait sur l'un des murs et actionna un petit levier.

— Et voilà ! fit-il, satisfait.

— Combien de temps faudra-t-il avant que…

— … Avant qu'il fasse chaud dans la maison ? Bah… Une petite semaine, je suppose, le temps de chauffer les murs.

— Je vous remercie, murmura-t-elle, consternée. Est-ce que la salle de bains est utilisable ?

— Ah, non. Désolé. Nous n'avons pas posé le carrelage. Et il y a encore des branchements à faire.

Alexa soufflait sur ses doigts pour les réchauffer, et une légère buée s'échappait de sa bouche.

— Eh bien… Je vous laisse travailler. Merci, fit-elle, découragée.

Comme elle revenait dans la grande pièce, elle perçut la conversation, qui semblait fort animée, entre Stefan et l'assistante sociale. Cette dernière lança d'un ton sec :

— Il était convenu que l'enfant resterait chez ses grands-parents jusqu'à la fin du mois de février.

— Mais ils sont trop vieux pour s'en occuper ! répliqua Stefan, tendu.

— En tout cas, ce n'est pas à vous que revient la garde de l'enfant, pour l'instant.

— Mais pourquoi donc ?

— C'est ainsi. Vous n'en avez pas l'autorisation. Un point c'est tout.

Stefan hochait la tête, l'air mortifié.

— Jessica est ma nièce. La fille de ma sœur.

— Je le sais, monsieur Blake. Mais…

— Je n'ai pas besoin d'une quelconque autorisation administrative pour m'occuper de Jessica. Et la Cour m'a accordé la garde de cette enfant…

— A partir de février seulement ! Cela signifie que, pour l'instant, elle se trouve sous notre responsabilité. Comprenez-moi, cher monsieur, je ne dis pas cela pour faire barrage, mais par simple prudence. Il ne faut pas que cette enfant puisse courir le moindre risque.

Stefan parut brusquement choqué.

— Pensez-vous qu'elle coure un risque avec *moi* ? questionna-t-il, indigné, le regard menaçant.

— Ce n'est pas ce que je dis, fit l'envoyée du Tribunal en reculant instinctivement d'un pas. Mais cette petite a perdu ses parents, elle a besoin d'une vie stable…

— Vous pensez que son oncle n'est pas capable de lui offrir une vie stable ? gronda Stefan, qui semblait au bord de l'explosion, mais se dominait encore.

La représentante de l'Administration cilla et recula encore d'un pas, manifestement impressionnée par ce géant qui la toisait d'un œil furieux.

— Ma nièce vit avec ma femme et moi dans les meilleures conditions possibles, reprit Stefan avec vigueur. Elle a enfin trouvé un foyer protecteur qui lui donne tout l'amour dont elle a besoin. Et vous voudriez la renvoyer chez ses grands-parents qui sont au lit avec la grippe !

— La grippe ? Vous n'aviez pas dit cela au Tribunal. Pourquoi ne pas en avoir parlé ? questionna Mlle Patterson, plus conciliante.

— Je n'en ai pas eu le temps, grommela Stefan. Ah, ce que vous pouvez être tracassiers, tous, avec vos règlements administratifs !

— Je fais mon travail, répliqua l'assistante sociale, pincée.

— Alors faites-le bien. Et regardez la situation : Jessica ne se trouve-t-elle pas dans les meilleures conditions possibles, en ce moment ?

Comme Mlle Patterson inspectait la pièce d'un regard circulaire, Alexa frémit. Cette maison n'offrait pas « les meilleures conditions possibles ». Elle était glaciale, austère et pas encore aménagée.

— Il faudrait que je jette un coup d'œil à votre maison, déclara l'envoyée du Tribunal d'un ton important.

— A votre guise ! répondit Stefan. Mais je vous préviens que les travaux ne sont pas terminés.

— Qu'importe. Je souhaiterais voir les lieux.

Stefan haussa les épaules et lança d'un ton un peu sec :

— Faites comme chez vous. Entrez où vous voulez.

— Merci, rétorqua Mlle Patterson sur le même ton.

Comme elle se retournait, elle aperçut Alexa, qui ne s'était pas encore manifestée.

— Madame Blake, sans doute ? fit l'assistante sociale sans le moindre sourire. Vous n'êtes pas venue au Tribunal avec votre mari pour l'arrêt qui a été donné ?

— J'étais clouée au lit avec une mauvaise grippe, mentit Alexa.

— Pourriez-vous me faire visiter la maison ?

— Avec plaisir. Suivez-moi, je vous prie.

Alexa se demandait comment elle allait bien pouvoir se sortir de cette épreuve : elle ne connaissait pas les lieux et risquait de commettre une gaffe ! Par exemple, en ouvrant une porte, au cours de la visite, qui déboucherait sur un placard ! Il lui fallait faire preuve de la plus grande prudence…

Elle ne s'en sortit pas trop mal. Les deux femmes passèrent d'une pièce à l'autre, et Alexa s'efforçait chaque fois de faire le commentaire adéquat. « Voici la lingerie, la chambre d'enfant, la chambre d'amis, la bibliothèque… » Elle improvisait avec une audace qui l'amusait secrètement tandis que Mlle Patterson faisait des « Ah, très bien, continuons… ».

— Il y a encore beaucoup de travaux à faire, commentait Alexa. Mais nous avons le temps, n'est-ce pas ?

— Depuis combien de temps connaissez-vous M. Blake ? interrogea brusquement l'enquêtrice.

Le cœur d'Alexa se figea dans sa poitrine. Elle hésita une seconde et répondit avec tout l'aplomb qui lui était possible :

— Deux ans, environ.

Alexa pria le ciel que la dame ne lui demande pas certains détails personnels qui la placeraient dans l'impossibilité de répondre, car elle ne connaissait pas Stefan — ou si peu !

— Le mariage a eu lieu d'une manière un peu soudaine, non ? interrogea Mlle Patterson d'un ton soupçonneux.

— Soudaine ? Mais non, répondit Alexa qui tremblait imperceptiblement. Nous avions prévu l'événement depuis longtemps.

— Vous vous fréquentiez donc depuis un certain temps ?

— Depuis longtemps, oui, assura Alexa qui n'en menait pas large au cours de cet interrogatoire imprévu.

— Vous comprenez, le Tribunal a besoin de s'assurer que la petite Jessica se trouve dans un foyer équilibré…

— Je comprends parfaitement, renchérit Alexa, sentant que la sévérité de son interlocutrice commençait à faiblir. Jessica ne pouvait tomber dans un foyer plus aimant.

— Bon, bon…, commenta Mlle Patterson qui enjamba un petit tas de planches pour passer à une nouvelle pièce.

— Nous avons besoin de quelques semaines pour nous installer complètement, poursuivit Alexa. Vous êtes tombée un mauvais jour : le froid, les travaux, sans compter le décalage horaire qui affecte mon mari…

Elle s'interrompit en s'apercevant que l'œil de Mlle Patterson restait fixé sur une cicatrice qu'elle avait à la tempe. La blessure se voyait distinctement sous les courts cheveux qui n'avaient pas encore eu le temps de repousser.

— Un accident de voiture, expliqua brièvement Alexa qui posa instinctivement un doigt sur la cicatrice. Est-ce que vous voudriez visiter encore des pièces dans la maison ?

— Non, merci. Je crois que nous avons vu l'essentiel. J'ai l'impression que Jessica sera tout à fait à l'aise ici.

Alexa poussa mentalement un « ouf » de soulagement.

— J'en suis persuadée, enchaîna-t-elle, ravie.

Comme elles descendaient l'escalier, la visiteuse murmura d'un ton offensé :

— Votre mari n'aurait pas dû s'énerver comme il l'a fait, tout à l'heure. Je ne fais que mon travail, vous savez.

— Je suis désolée, assura Alexa. C'est à cause de ses soucis, de ses parents malades, des travaux qui traînent… et à cause du décalage horaire, comme je vous le disais.

— Je comprends, marmonna l'envoyée du Tribunal.

— J'aurais été ravie de vous proposer une tasse de thé, mais nous n'avons pas encore fait les courses, fit Alexa en guettant le regard de l'assistante sociale.

— Merci. J'ai encore d'autres visites à faire aujourd'hui.

Alexa eut envie d'en savoir un peu plus sur les motifs qui avaient justifié la visite inopinée de Mlle Patterson. Etait-ce réellement une décision du Tribunal ? Elle décida de mettre les choses au clair, une bonne fois pour toutes.

— Je ne savais pas que mon mari et moi avions besoin d'une autorisation administrative pour garder Jessica, s'étonna Alexa sur un ton volontairement naïf.

— Il ne s'agit pas exactement d'une autorisation, rectifia Mlle Patterson d'un ton assourdi.

Tiens donc ? Pourquoi donc était-elle venue, alors ?

— Sans doute vouliez-vous vous assurer que Jessica était à l'abri de certaines…

La fonctionnaire ne répondit pas. Elle tirait nerveusement sur ses gants, comme si Alexa venait de toucher un point sensible.

— … de certains abus ? précisa Alexa en vrillant son regard dans celui de Mlle Patterson qui parut tressaillir.

— Eh bien…, hésita la visiteuse. C'est-à-dire, nous devons nous assurer que…

— … que l'enfant ne sera pas en danger, ne subira pas de sévices, poursuivit Alexa, outrée. Et vous avez mené l'enquête pour vous assurer que le gentil oncle n'était pas dangereux ?

— Mais non ! Mais non ! protesta la dame sur un ton peu convaincant.

— J'espère que vous êtes rassurée, maintenant, lança sèchement Alexa.

— Oh, tout à fait ! Tout à fait ! Il faut que je m'en aille, à présent. Tenez-moi au courant de l'évolution des choses. Je reviendrai prochainement…

Alexa accompagna l'enquêtrice jusqu'à la porte et poussa un soupir lorsque Mlle Patterson fut sortie. Elle la suivit des yeux tandis qu'elle descendait maladroitement la pente glacée qui menait jusqu'à la route. Elle ouvrit sa voiture, une petite voiture bleue, et démarra.

Après avoir rejoint Stefan, Alexa lui dit sur un ton de reproche :

— Tu ne t'es pas montré très courtois avec elle. Ce n'était pas particulièrement habile de ta part.

Stefan haussa les épaules et fronça les sourcils.

— Je ne supporte pas les fonctionnaires, surtout lorsqu'ils sont mandatés par un tribunal. Ils cherchent toujours la petite bête…

— J'ai fait de mon mieux pour la visite guidée, assura-t-elle avec un rire léger. J'ai opté pour l'improvisation.

— J'ai entendu une partie de ce que vous disiez. En effet, tu t'en es très bien sortie, dit-il avec un sourire de gratitude.

— Heureusement qu'elle ne m'a pas posé de questions te concernant, Stefan. J'aurais été dans l'impossibilité d'y répondre. Je ne sais rien de toi…

— Et moi, j'en sais *encore moins* à ton sujet ! s'exclama-t-il en écartant ses grandes mains pour souligner son ignorance.

— Hum… C'est vrai, admit-elle rêveusement.

Elle le dévisagea un moment, et tourna ensuite les yeux vers le jardin nu et désolé. Le vent soulevait çà et là des feuilles, les faisait voltiger, et les poussait plus loin. C'était un vent d'hiver froid, mordant, et Alexa ne put réprimer un frisson.

— Que voudrais-tu savoir de moi ? reprit-elle après quelques instants.

— Mais tout, Alexa ! Je ne connais que le strict minimum, c'est-à-dire les informations qui figurent sur ta carte d'identité : ton âge, ton adresse, ta nationalité. C'est peu. Je ne sais même pas si tu as encore tes parents. Tu n'en as jamais parlé. Sont-ils toujours vivants ?

Elle soupira, sans cesser de fixer le jardin d'un regard absent.

— Oui. Ils sont vivants. Mais je ne les ai pas vus depuis plus de dix ans.

Stefan se tourna vers elle et chercha son regard.

— Pourquoi ? demanda-t-il, l'air tourmenté.

— Parce que je ne les aime pas. Ils ont divorcé quand j'avais cinq ans. Ni mon père ni ma mère ne se souciaient de moi. J'étais de trop dans la famille.

Elle sentait le regard de Stefan toujours posé sur elle et baissa les paupières, essayant d'ignorer les tourments qui l'agitaient.

— Comment Mlle Patterson a-t-elle su que nous viendrions ce matin ? demanda-t-elle pour faire diversion.

— Ce sont les grands-parents de Jessica qui l'ont prévenue. Je leur avais dit où j'allais.

— Je vois…, murmura-t-elle.

Elle jeta un coup d'œil à M. Jones qui s'était installé dans un coin de la pièce et dormait tranquillement.

Stefan semblait décidé à reprendre le sujet qu'elle venait d'éviter. Il avait visiblement envie de parler d'eux, et c'est avec un étrange sourire qu'il confia :

— J'ai l'impression de ne pas toujours savoir où j'en suis, avec toi. C'est bizarre. Parfois, je ne sais pas quoi te dire.

— Pour moi, ce n'est guère plus simple, avoua-t-elle en gardant le regard fixé au loin. Il y a deux ans, nous étions bons amis. Aujourd'hui, je ne sais pas ce que nous sommes l'un pour l'autre. Et j'ai l'impression de marcher sur une fragile couche de glace.

Stefan poussa un bref soupir.

— Je pense que ça ira mieux avec le temps. Le fait d'être mariés ne devrait pas changer tellement les choses, non ?

Elle sourit de nouveau et secoua lentement la tête. Si, le mariage devait changer les choses, quoi qu'il en dise. Un mariage n'était jamais neutre, même quand il s'agissait d'un mariage arrangé.

— Mlle Patterson a dit qu'elle allait revenir, confia-t-elle sur une tonalité différente, presque enjouée.

— Ah bon ?

— Je crois qu'elle veut s'assurer que…

Elle n'eut pas le courage de terminer sa phrase.

— … que notre mariage est bien réel ? compléta Stefan.

— Oui. C'est ça.

— Pas de problème, bougonna-t-il. Quand elle reviendra, tu disposeras quelques pièces de lingerie t'appartenant sur mon lit et elle n'y verra que du feu ! Excuse-moi, il faut que j'aille chercher les affaires dans la voiture.

Il tapota le dos d'Alexa d'un geste à la fois bref et amical et s'éloigna à pas rapides. Comme elle le regardait s'éloigner, elle eut l'impression de le voir pour la première fois. Sa grande silhouette massive était pleine de vivacité. Elle aimait particulièrement ses cheveux, la façon dont ils bouclaient dans son cou. C'étaient de beaux cheveux drus et brillants.

Quand il fut à l'autre bout de la pièce, il se retourna et dit :

— Il faut aussi que j'aille chercher le reste des affaires de Jessica.

Plongée dans sa rêverie, Alexa n'entendit que le mot « Jessica ».

— Pardon ? fit-elle.

— Les affaires de Jessica, répéta Stefan. Il faut que j'aille les chercher. Elles sont dans la voiture. Je les apporte.

— Ah, oui. Et n'oublie pas ses jouets, aussi.

— Les jouets ? Les microbes ? fit-il d'un ton bourru.

Que voulait-il dire ? De quels microbes parlait-il donc ? Croyant à une erreur, elle n'insista pas.

— Je t'accompagne, dit-elle.

Elle le rejoignit et l'espace d'une seconde, elle aperçut de près son visage. Il avait l'air fatigué, soucieux. Il donnait l'impression d'un homme qui aurait souhaité être ailleurs.

Lorsque toutes les affaires qui se trouvaient dans la voiture furent montées et rangées dans la maison, Stefan redescendit vers la voiture et repartit pour faire quelques courses.

Alexa se retrouva seule avec un étrange sentiment de vide. Son estomac commençait à crier famine. Elle aurait bien pris une tasse de thé avec des biscuits, mais la maison était dépourvue de tout.

Elle se sentit brusquement déprimée. Cette maison lui paraissait sans âme, sans intérêt. Comme elle contemplait la grande salle du rez-de-chaussée, avec cette table où trônait ce stupide bouquet de fleurs artificielles, elle fut prise d'une colère sourde. Au diable ces horribles fleurs en plastique !

Mais pourquoi se fixer sur des détails sans importance ? Dès qu'elle aurait un moment, elle remplacerait ces fleurs ternes par de vraies fleurs. On en trouvait même en hiver. En attendant il fallait faire une liste des achats les plus urgents.

Elle trouva dans son sac une vieille enveloppe, un stylo-bille, et elle nota les différentes choses dont ils allaient avoir besoin.

Peu de temps après, elle entendit le bruit de la voiture. Stefan était déjà de retour, et portait un grand sac à provisions rempli jusqu'au bord.

— Je suis allé acheter des produits de première nécessité, annonça-t-il en posant le sac sur la table. Il y a du pain, du beurre, du thé, du café, des biscuits... Maintenant, il faut que j'aille à l'école chercher Jessica.

— Je vais ranger tout cela dans la cuisine, dit Alexa. Certains produits doivent être conservés au réfrigérateur.

Elle porta le sac dans la cuisine où les deux ouvriers s'affairaient toujours.

— Vous aimeriez peut-être une tasse de thé ? proposa-t-elle.

— Ce n'est pas de refus, madame, répondit l'un d'eux avec un large sourire.

C'est M. Jones qui entendit le premier la voiture de Stefan. Il se rua vers la porte d'entrée, colla sa truffe à l'interstice qui laissait passer un rai de lumière, et commença à pousser des grognements de joie. Puis il gratta la porte avec ses griffes, comme s'il avait voulu l'ouvrir.

Lorsque le battant s'écarta, une minute plus tard, le chien poussa de petits jappements en tournant autour de Jessica comme s'il ne l'avait pas vue depuis des semaines.

Alexa observait le spectacle avec un sourire attendri.

Après lui avoir adressé un bref regard, la petite fille sourit à son tour, timidement, puis elle s'agenouilla pour caresser M. Jones.

— C'est l'amour fou, commenta paisiblement Alexa avec un petit rire amusé.

— Oui, on dirait, répondit Stefan, l'esprit ailleurs, avant d'enjamber le chien pour fermer la porte restée ouverte.

Alexa eut le sentiment qu'il faisait un effort pour s'adapter à un arrangement avec lequel il ne se sentait pas vraiment à l'aise. Il avait sans doute espéré autre chose, se dit-elle, anxieuse. Mais que pouvait-on espérer d'un tel mariage, où les deux époux ne connaissaient rien l'un de l'autre ? Il n'avait pas eu le choix, certes, et se trouvait à présent devant une situation qui était loin d'être simple.

Alexa se pencha vers Jessica qui était en train de jouer avec les oreilles du chien. Malgré le tourment qui la rongeait, elle proposa d'un ton enjoué :

— Dis-moi, Jessica, tu ne veux pas venir avec moi choisir ta chambre ? Tu as le choix entre plusieurs pièces. C'est plutôt bien, non ?

Docilement, l'enfant se leva et la suivit. Elles grimpèrent l'escalier, suivies par M. Jones. Comme elles arrivaient à l'étage, Stefan les rejoignit. Alexa, très préoccupée, se tourna vers lui et murmura discrètement, à voix suffisamment basse pour que la petite ne l'entende pas :

— Il faut que nous soyons honnêtes l'un vis-à-vis de l'autre, Stefan. Cela ne va pas, n'est-ce pas ? Tu es déçu. Tu souhaitais autre chose, non ?

— Ce n'est pas exactement cela, Alexa. Je songeais à ce que doit vivre Jessica. Elle a perdu ses parents et se trouve dans une situation dramatique. Elle s'est retrouvée seule d'un jour à l'autre, brusquement, sans bien comprendre. Elle a un besoin désespéré d'amour, de sécurité. J'ai compris cela tout à l'heure, quand je suis allé la chercher à l'école. Elle a bondi dans mes bras avec une ferveur, une exaltation telle que j'en ai eu les larmes aux yeux.

Ils s'étaient arrêtés devant la porte ouverte d'une des chambres de l'étage. Jessica entra et fit le tour de la pièce en l'observant avec attention, tandis que Stefan et Alexa continuaient à s'expliquer.

— Quand elle s'est ainsi précipitée vers moi, j'ai compris l'importance que j'avais prise dans sa vie, poursuivit Stefan à mi-voix.

Au moment où Alexa allait répondre, Jessica revint vers eux, avec l'intention visible de continuer la visite de la maison.

— Tu as fait la liste de ce qui manque ici, Alexa ? questionna Stefan d'un ton joyeux.

— Oui. J'ai tout noté. Je vais aller faire des courses…

— Non, c'est moi qui vais y aller, décida-t-il.

— Comme tu veux. Il y a un petit supermarché sur la route de Canterbury. Tu y trouveras tout ce que j'ai noté.

Elle avait mis la liste dans la poche de son jean. Lorsqu'elle la lui tendit, il la glissa à son tour dans sa poche en marmonnant :

— Je n'en ai pas pour longtemps.

Lorsqu'elle entendit la porte se refermer, Alexa poussa un long soupir et demeura pensive. La situation allait s'arranger, se dit-elle. Il le fallait. Stefan s'habituerait à elle, et elle à lui. Il le fallait. Ils n'avaient pas le choix. C'était difficile, certes, mais avec de la bonne volonté de part et d'autre…

Elle alla chercher au rez-de-chaussée la valise contenant les affaires de Jessica, ainsi que le sac où étaient entassés tous ses jouets. Elle les monta dans la pièce où Jessica se trouvait.

Juchée sur une chaise, la petite fille fouillait dans un placard. Le chien était couché à ses pieds.

— Je suis en train de chercher des draps, expliqua-t-elle d'un ton important.

— Très bien, fit Alexa. Mais ne tombe pas, Jessica. Est-ce que tu as choisi ta chambre, finalement ?

— Moi, c'est Corrie, murmura la petite fille.

— Eh bien, fais attention, *Corrie.* Ne tombe pas !

Alexa posa le sac de jouets et jeta un coup d'œil par la fenêtre qui donnait sur un jardin clos, de l'autre côté de la maison. Les jardins n'étaient jamais très beaux en hiver, et celui-ci ne l'était pas plus que les autres. Mais elle savait qu'il reprendrait vie dès le printemps. Et comme ce jardin était entouré d'un grillage, elle allait pouvoir y laisser courir le chien, dès la belle saison.

Elle se retourna et vit que Jessica s'était approchée d'elle et semblait l'attendre.

— Est-ce que tu veux t'installer dans cette chambre, Jessica ? Elle te plaît ? Il y a des étagères pour tes livres, et un endroit suffisamment grand pour ranger tes jouets, si tu veux.

Jessica fixa son sac de jouets et demanda d'une voix timide :

— Grand-mère m'a dit de ne pas toucher à mes jouets, à cause des microbes. Est-ce que les microbes sont toujours là ?

C'était donc de cela que parlait Stefan, tout à l'heure : des microbes !

— Je pense que les microbes ont disparu, à présent, assura-t-elle d'un air convaincu. On va ouvrir le sac, tu es d'accord ?

Elle défit le nœud qui serrait le haut du sac. Elle était furieuse. La grippe ne se transmettait pas de cette manière, alors pourquoi avoir privé cette pauvre enfant de ses jouets ? C'était absurde.

Elle sortit d'abord l'ours en peluche. Tous les enfants ont besoin d'un jouet à qui parler, dans le creux de l'oreille. Cet ours-là avait certainement manqué à Jessica au cours des derniers jours, des dernières nuits. Puis elle sortit un tigre en peluche et un panda.

— Grand-mère les a mis dans la machine à laver, dit tranquillement Jessica.

Alexa s'efforça de sourire malgré son agacement.

— Alors tous les microbes ont disparu, confirma-t-elle d'un ton rassurant.

Comme elle examinait l'ours, elle s'aperçut que la couture qui reliait le bras au reste du corps s'était effilochée. Le bras commençait à pendre lamentablement.

— Oh, regarde ton pauvre nounours ! s'exclama-t-elle, désolée. Je comprends pourquoi il a l'air triste. On va réparer ça tout à l'heure, tu veux bien ?

— Oui, répondit Jessica, l'air inquiet.

La petite fille semblait penser à quelque chose de très important.

— J'ai oublié d'enlever ma tenue après l'école, dit-elle, consternée, en se mordillant la lèvre.

— Ce n'est pas grave, ma chérie. Tu peux te changer, si tu veux. Tes affaires sont là.

Elle désigna la valise et Jessica se débarrassa de son uniforme bleu qui lui paraissait si important avant de le poser soigneusement sur le lit. M. Jones eut sans doute envie, lui aussi, de s'allonger, puisqu'il prit place à côté de l'uniforme. Tendant vers lui un doigt menaçant, Alexa s'écria :

— Qu'est-ce que c'est que ces manières, monsieur Jones ! Veux-tu descendre tout de suite ! Non mais…

M. Jones sauta prestement sur le parquet.

— Il faut être très ferme avec lui, expliqua Alexa, sinon il en profitera pour faire toutes les bêtises possibles.

Elle plongea la main dans le sac de jouets et en sortit la belle poupée que Stefan avait offerte à Jessica.

— Est-ce que tu lui as déjà donné un nom ?

Jessica hocha la tête de gauche à droite.

— Comment va-t-on l'appeler ? demanda-t-elle en tendant la poupée à l'enfant.

Jessica parut se concentrer quelques secondes, puis fixa Alexa droit dans les yeux en murmurant d'une voix à peine audible :

— Mme Jones.

— Ça c'est une bonne idée. Tu as bien raison de choisir ce nom-là. Maintenant, je vais aller chercher en bas le reste de tes affaires. Ensuite nous ferons ton lit, si tu veux bien m'aider. Je pense que ton oncle ne va pas tarder à rentrer.

Lorsque Alexa eut descendu l'escalier, elle s'arrêta un instant, la main sur la rampe. Elle était encore en colère. Cette histoire de microbes qui avait privé Jessica de jouets pendant plusieurs jours la rendait folle : comment pouvait-on être assez stupide pour agir de telle manière ? Elle était indignée, révoltée même.

De colère, elle frappa la rampe avec la paume de sa main et se fit presque mal. Puis elle s'efforça de se calmer, de se raisonner : « Allons, Alexa. Ne t'emballe pas pour quelque chose qui n'en vaut pas la peine. Tu es tellement nerveuse, en ce moment, que le moindre incident te fait sortir de tes gonds. Tu ne connais pas les circonstances de cette histoire de microbes. Tu ne connais pas les grands-parents de Jessica. Ils ont agi comme ils le pouvaient, et certainement dans ce qu'ils croyaient être l'intérêt de l'enfant. Les enfants ont besoin de règles, de repères, sinon ils sont perdus. Sois un peu indulgente. Tu n'as jamais eu d'enfants. Tu ne serais certainement pas parfaite toi-même si tu en avais… »

Après avoir pris une profonde inspiration, elle alla chercher deux valises qu'il fallait monter à l'étage.

Lorsque Stefan revint, tous les lits étaient faits, les affaires étaient rangées dans les placards, et Alexa était assise sur le lit de Jessica. Grâce au nécessaire qu'elle gardait toujours dans son sac, elle avait entrepris de recoudre l'épaule du nounours. Jessica était assise à même le sol, en tailleur, Mme Jones dans les bras et M. Jones à son côté.

— Salut, tout le monde ! dit Stefan en entrant.

— Tante Alexa est en train de réparer mon ours, expliqua Jessica d'un ton tranquille.

— C'est ce que je vois, répondit Stefan. Il a pleuré, le nounours ?

Jessica eut un rire cristallin.

— Mais non, voyons ! Les ours ne pleurent jamais !

Stefan eut l'air surpris. Il traversa la pièce et vint s'installer à côté d'Alexa. Aussitôt, Jessica bondit sur ses pieds et se précipita dans les bras de son oncle.

— Moi, j'avais un ours qui pleurait, de temps en temps, assura Stefan tandis qu'il caressait les cheveux de Jessica.

— Mais non ! protesta la petite fille. Ce n'est pas possible !

Stefan eut un rire silencieux et Alexa tressaillit légèrement en percevant la chaleur de ce magnifique corps, si puissant, tout contre elle.

Elle baissa les yeux sur le nounours qui était presque réparé, et une soudaine tristesse s'abattit sur elle. Toute l'énormité, l'absurdité de cette situation se fit brusquement jour dans son esprit, comme un tourbillon balayant tout sur son passage. Oui, elle se sentait prisonnière d'une aventure impossible, douloureuse, sans avenir…

Du jour au lendemain, elle se retrouvait dans le rôle d'une maîtresse de maison, elle qui ne s'était jamais souciée de ces choses-là. Et — pire encore — dans un rôle de mère qu'elle n'était pas sûre de pouvoir assumer.

Sa seule certitude était la réalité de l'attirance qu'elle ressentait pour Stefan, une attirance qu'elle savait à sens unique.

Comment allait-elle pouvoir vivre une année dans cette situation aussi aberrante ?

Elle se sentait totalement perdue.

Elle avait repris sa couture, sans un mot. Quand l'ours fut recousu, elle le tendit à Jessica et d'un coup se leva, au bord des larmes.

— Je vais préparer de quoi manger, annonça-t-elle des sanglots dans la voix.

Elle sortit presque en courant et dévala l'escalier.

Lorsqu'elle fut dans la cuisine, elle s'appuya contre la table et essuya une larme qui perlait à sa paupière. Elle se sentait vaincue par la fatigue, une fatigue de tous les jours, de tous les instants. Comme ce serait bon de pouvoir s'appuyer contre une épaule solide, de se reposer sur un être qui vous aime… Comme elle avait besoin d'être réconfortée !

Les ouvriers étaient partis, ce qui la soulagea. Elle rangea dans le réfrigérateur et dans les placards les diverses provisions qu'avait rapportées Stefan.

— J'ai acheté du hachis Parmentier pour le dîner, déclara Stefan d'une voix douce. C'est facile à préparer, au micro-ondes, je crois.

Elle ne l'avait pas entendu venir, mais le ton de sa voix était si paisible qu'elle fut provisoirement rassurée, confortée.

— C'est une bonne idée, répondit-elle en essuyant d'un revers de main son œil droit, très rapidement, très discrètement.

— Qu'est-ce qui ne va pas ? interrogea Stefan à mi-voix.

— Rien ! répondit-elle aussitôt.

Il marcha vers elle et posa ses mains sur ses épaules, ses grandes et solides mains qu'elle admirait parfois en secret.

Il poussa un long soupir.

— Malgré tous mes efforts, je n'arriverai jamais à être différent de ce que je suis, murmura-t-il d'un ton grave.

— Mais je ne t'ai jamais dit que je te voulais différent de ce que tu es ! protesta-t-elle avec véhémence.

Il prit une chaise, s'assit à califourchon et la dévisagea avec intensité.

— Non ? Alors pourquoi cette mine si tragique ? Pourquoi ce visage triste et ravagé ? C'est toi qui as voulu que nous mettions cartes sur table, non ? Alors si tu restes enfermée dans ton mutisme, je n'arriverai jamais à savoir ce qui ne va pas. Et nous resterons dans l'impasse.

Il fronça les sourcils, l'air tourmenté. Mais il semblait dénué de toute agressivité. Au contraire, il paraissait faire des efforts désespérés pour trouver un terrain d'entente.

— Tu veux que je m'excuse ? proposa-t-il au bout de quelques instants de silence.

— Que tu t'excuses ? Mais de quoi donc ? Tu n'as pas à t'excuser, Stefan.

— Alors dis-moi franchement ce qui ne va pas.

Comment aurait-elle pu le lui expliquer, alors que ses craintes, ses sentiments, ses réflexions restaient dans un flou total ? Elle ne savait plus où elle en était, voilà tout. Elle se sentait dépassée par les événements. Mais elle était incapable de faire une analyse objective de ce qui la rendait malheureuse.

Elle trouva une échappatoire afin de rassurer Stefan.

— J'étais furieuse à cause de cette histoire de jouets et de microbes, raconta-t-elle d'un ton renfrogné. Autant j'admets que des enfants asthmatiques soient tenus à l'écart des peluches, autant je trouve révoltant qu'une enfant normale soit privée de ses jouets pour la seule raison qu'il y a un rhume ou une grippe dans la maison.

— Hum… Je comprends ton point de vue, répliqua-t-il, complaisant.

— Je sais bien que ce n'est pas mon rôle de critiquer les gens, mais il fallait voir son petit visage abattu lorsque j'ai ouvert le sac à jouets ! Si cela se trouve, ces jouets lui avaient été donnés par ses parents…

Stefan exprima une moue sceptique.

— Je me demande si tu ne projettes pas tes propres sentiments sur Jessica. Les enfants ne réagissent pas comme des adultes. Ils ont leurs propres réactions, leur propre perception des choses…

— C'est vrai, admit-elle avec modestie, mais il n'en est pas moins vrai que…

— Que c'est choquant. C'est vrai. Je te l'accorde. Mais Mme Bailey, la grand-mère de Jessica, est une femme profondément gentille. Certes, elle est un peu maniaque sur le plan du ménage, et tout est impeccable chez elle, comme si elle redoutait la moindre trace de saleté, le moindre microbe. Sa frénésie du ménage ressemble à de l'obsession. Mais il ne faut pas lui en vouloir. Elle a été terriblement remuée par la mort de son fils, cette absurde disparition dans un accident d'avion. Lorsqu'elle et son mari ont recueilli Jessica, ils ont fait le maximum pour elle, et l'ont protégée autant qu'ils ont pu. C'est dans ce contexte qu'est apparu l'incident des microbes. Quand ils sont tombés malades, ils ont tout fait pour que Jessica ne contracte pas leur grippe. C'est la raison pour laquelle tout est passé à la machine, y compris les jouets en peluche. De l'extérieur, cette conduite peut paraître un peu paranoïaque, mais elle s'explique par le désir profond de protéger ma nièce.

Stefan fit une pause et poussa un soupir.

— On peut toujours critiquer, marmonna-t-il, pensif, mais nous avons tous nos travers. Et il ne faut pas en vouloir aux gens d'être différents de nous. Il faut de tout pour faire un monde, tu sais.

Alexa hocha la tête, songeuse.

— Je comprends ton point de vue, admit-elle. Mais, un peu comme toi, je me sens parfois incapable de faire face à la situation.

— Tu en es tout à fait capable, Alexa. Tu es une mère de substitution pour Jessica, et je sais que tu assumes parfaitement ce rôle. Ah… j'y pense : veux-tu que je t'aide à préparer le dîner ?

— Non, je te remercie. Je crois que je vais me débrouiller.

Du moment qu'on ne lui demandait pas de la grande cuisine, elle se sentait capable de s'acquitter correctement de cette tâche, au moins.

Stefan eut un rire discret.

— Je ne sais pas si tu te rends compte du risque que j'ai pris en te faisant une telle proposition : je suis incapable de faire un œuf à la coque.

Elle rit à son tour.

— Eh bien, il serait temps que tu apprennes !

— Dois-je comprendre ça comme une réprimande, mademoiselle Gifford ?

— Madame Blake ! corrigea-t-elle aussitôt.

Le mot lui avait échappé, malgré elle. Elle se demanda pourquoi elle avait ainsi répondu à Stefan. Elle savait bien qu'elle n'était destinée à porter le nom de Blake qu'une année seulement.

Evitant son regard, elle murmura avec un sourire :

— Ce n'était pas une réprimande, dit-elle calmement. Je ne te critiquais pas.

Ne l'avait-il pas épousée *aussi* pour s'occuper des tâches ménagères ?

— J'espère que tu as aussi emporté ta trousse à outils, dans tes bagages, hasarda Stefan, une lueur moqueuse dans le regard.

— Pour le cas où il y aurait un clou à poser, une vis à visser ?

Elle se souvenait de l'incompétence totale de Stefan lorsqu'il s'agissait de faire quelque chose de ses mains. C'en était presque drôle.

— Eh bien, non, je ne possède pas de trousse à outils, fit-elle en riant.

— Alors je crois qu'il va nous falloir en acheter une, dit-il, préoccupé. Avec tout ce qui nous attend dans cette maison, nous serons perdus sans trousse à outils.

— … et sans une personne qui sache manier ces outils, compléta-t-elle en riant. Or cette personne, c'est moi. Les scientifiques comme toi n'approchent la matière que de manière théorique, n'est-ce pas ? Un physicien ne met pas les mains dans le cambouis. Et tu es physicien, si je ne m'abuse ?

— Oui.

— Mon petit professeur Nimbus, murmura-t-elle.

Poussée par un élan soudain d'affection, elle se pencha vers lui et déposa un baiser sur sa joue.

Toujours à califourchon sur sa chaise, il la considéra d'un air très surpris, presque méfiant. Il semblait se demander quelle mouche l'avait piquée.

— Il faut que j'aille donner quelques coups de téléphone, annonça-t-elle tout à trac en tournant les talons.

*
* *

Le lendemain matin, personne n'arriva à se lever. Tout le monde était en retard. L'ambiance de la maison devait être propice au sommeil, se dit Alexa.

Jessica était en retard pour l'école, Stefan, qui devait se rendre à son Institut de Recherche, se préparait fébrilement, tandis qu'Alexa se précipitait pour préparer, le plus vite possible, un petit déjeuner pour tout le monde... Tant et si bien que le porridge fut brûlé, que Jessica fut dans l'impossibilité de retrouver ses affaires pour l'école, et que Stefan recherchait fébrilement les notes de travail qu'il avait mises dans un coin, mais où ? Bref, c'était la panique à bord.

— Vite, Jessica ! s'écria Stefan tandis qu'il dévalait l'escalier. Ton manteau, ton chapeau !

— Moi, c'est Charlie, corrigea la petite fille d'un ton solennel.

— Charlie, Corrie ou je ne sais qui, dépêche-toi, mon trésor. Nous sommes tous en retard.

Alexa aida la fillette à enfiler son petit manteau, à mettre ses gants, à nouer son bonnet.

— Je vais avoir des courses à faire, remarqua-t-elle au passage.

— Mais je les ai faites, les courses, dit fébrilement Stefan.

— Il va manquer certaines choses pour le week-end. Des produits de base.

— Tu peux t'en occuper ? demanda-t-il, impatient.

— Bien sûr. Le seul problème c'est que...

Comme elle hésitait, il la pressa de dire vite ce qu'elle avait à dire :

— C'est que quoi ?

— Je n'ai pas d'argent, avoua-t-elle, gênée.

— Utilise donc ta carte de crédit !

— Je n'en ai pas.

— Mais j'avais tout arrangé pour que tu en aies une ! J'ai fait le nécessaire auprès de la banque il y a des semaines de cela.

— Oui, mais…

— Mais quoi ? insista-t-il, survolté.

— Je ne suis pas allée la chercher, confessa-t-elle.

— Et pourquoi ? s'écria-t-il, au comble de l'effervescence. J'ai fait préparer pour toi une carte de crédit, un carnet de chèques, tout ce qu'il faut… Et tu n'es même pas passée les prendre !

Elle fit un signe de la main qui exprimait à la fois l'oubli, le regret, ainsi que le sentiment d'avoir suffisamment de choses à faire comme cela.

— Mais de quoi as-tu donc vécu jusqu'à maintenant ? interrogea Stefan, stupéfait.

— J'avais quelques économies, dit-elle avec calme.

— Au nom du ciel, il fallait les garder, tes économies ! Je t'avais bien dit que je me chargeais de l'ensemble des dépenses pour la vie quotidienne.

— La vraie vie quotidienne, pour nous trois, n'a commencé qu'hier, précisa-t-elle sobrement.

— Ah, c'est ridicule ! s'exclama-t-il, contrarié.

Il hocha la tête et plongea la main dans sa poche. Il en sortit un portefeuille où il prit trois ou quatre billets qu'il lui tendit.

— Je pense que cela devrait te suffire dans un premier temps, annonça-t-il. Ah, mon Dieu, je suis terriblement en retard. Et Jessica a disparu…

Il tourna la tête de tous les côtés tandis qu'il appelait Jessica.

Elle descendit l'escalier en tenant sa poupée dans les bras, suivie par M. Jones.

— J'avais oublié Mme Jones, expliqua-t-elle du ton le plus sérieux du monde.

— Mme Jones ? répéta Stefan, éberlué. Mais… qui est-elle ?

— C'est le nom que Jessica a donné à la poupée que tu lui as offerte.

Il leva les yeux au ciel.

— Mme Jones ! murmura-t-il, comme s'il s'adressait à tous les saints du calendrier. On aura tout vu ! Passe encore pour un chien, qu'on appelle «Monsieur». Quoique. Mais une poupée qui prend le nom de... Bon, bon, je suis affreusement en retard. J'ai une réunion importante. C'est toujours dans ces cas-là que... Bien, bien, on y va. Allez, viens, Jessica.

La petite fille embrassa tendrement Alexa.

— Allons, viens ! répéta Stefan, excédé.

— Tante Alexa ne t'a pas embrassé, fit remarquer Jessica, toujours d'un ton imperturbable.

— Ça ne fait rien ! grommela Stefan qui bouillait d'impatience.

— Oh, mais si, répliqua l'enfant, obstinée. Il faut que tu fasses un baiser à tante Alexa.

Stefan trépignait.

Il bougonna des mots incompréhensibles et se pencha sur Alexa, lui déposa un bref baiser sur la joue droite, se releva et empoigna la main de sa nièce.

Ils filèrent vers la porte de la maison.

Jessica se retourna vers Alexa et lui adressa un sourire radieux, malicieux, triomphant, comme pour dire : «Il s'énerve un peu, mais au fond, il est plutôt gentil, n'est-ce pas ?»

Comme Stefan tirait vers lui la lourde porte de chêne, il se retourna et lança d'une voix sonore :

— Prends ma voiture, si tu veux, Alexa. Je n'en aurai pas besoin aujourd'hui. Je vais conduire Jessica à pied jusqu'à l'école, puis je prendrai le bus. C'est aussi simple. Comme ça, tu pourras faire les courses avec la voiture.

— Mais c'est une automatique ! Je ne sais pas conduire ces voitures-là.

— C'est tout simple, voyons. Tu mets le levier sur « D », et tu appuies sur l'accélérateur. Pour la marche arrière, c'est « R ». Vraiment, c'est bien moins compliqué qu'avec une boîte manuelle.

Il entraîna Jessica qui trottinait à côté de lui en riant. Ensemble, ils descendirent joyeusement la pente qui menait jusqu'à la route.

Alexa ferma la porte d'entrée, déjà fatiguée par une activité incessante à laquelle elle n'était pas habituée. Elle ne s'était pas encore faite à la vie de famille, avec ces matinées bousculées où il faut un temps fou pour faire chaque chose, et où tout le monde finit par être en retard. Elle se trouvait dans une situation où toutes ses habitudes étaient bouleversées. Il n'était pas simple de vivre en solo, se dit-elle, songeuse, mais il l'était encore moins de vivre en famille. C'était pourtant le programme qui l'attendait pour une durée d'un an !

Et maintenant, il fallait qu'elle circule en voiture ! Elle n'avait pas conduit depuis longtemps, depuis son accident. Et ce traumatisme était encore profondément ancré dans sa mémoire. A présent, la conduite lui faisait peur.

Mais elle devait franchir le pas, pourtant, et dominer sa peur. Elle n'allait pas rester le restant de ses jours le pouce en l'air, à faire de l'auto-stop, ou à prendre le bus. Elle était bien obligée de faire une effort.

Saisissant au passage son manteau, son sac, elle sortit de la maison pour voir à quoi ressemblait cette voiture.

Ce n'était pas une très grosse cylindrée, mais elle possédait pourtant une ligne sportive assez impressionnante. Alexa sentit que ses mains devenaient moites.

Elle ouvrit la portière et s'installa au volant qui lui parut bien loin. C'était normal, ça ? Non, certainement pas. Et elle ne parvenait pas à toucher les deux pédales, celle du frein et celle de l'accélérateur. Elle découvrit une poignée, juste sous le siège du conducteur, qui permettait de rapprocher celui-ci vers l'avant. Elle régla la distance, de manière à ne plus avoir à tendre les bras. Le réglage précédent semblait avoir été effectué pour un géant, qui n'était autre que Stefan.

Elle tourna la clé de contact avec précaution. Au lieu du rugissement attendu, elle entendit un ronronnement rassurant.

Finalement, cette voiture était plutôt sympathique !

Elle saisit le levier de commande et le plaça sur le «R», ainsi que Stefan le lui avait indiqué. La voiture démarra aussitôt en marche arrière, mais de manière si vive et inattendue qu'elle commença à paniquer. Elle ne parvenait pas à voir vers quoi elle reculait. Affolée, elle tira de toutes ses forces sur le frein à main. La voiture fit une embardée, toujours en marche arrière, et heurta un arbre avec un bruit épouvantable.

5.

Tremblant comme une feuille, Alexa tourna la clé de contact pour arrêter le moteur qui s'était mis à vrombir de manière folle.

On ouvrit brutalement sa portière et elle entendit la voix furieuse de Stefan qui s'écria :

— Sors de là, en vitesse !

Elle était tellement bouleversée qu'elle ne pouvait faire un geste. La terreur la paralysait.

— Sors de cette voiture ! gronda Stefan, furibond.

Elle enfouit son visage dans ses mains, défaite, puis fit un effort surhumain pour s'extraire de la voiture.

— Tu aurais pu me tuer, bougonna Stefan.

— Je… je ne t'avais pas vu. Je te croyais parti…

— Je suis revenu. J'avais oublié des papiers pour mon travail.

Encore toute tremblante, elle murmura faiblement :

— Je suis désolée. Je n'ai rien pu voir, en marche arrière.

— Te rends-tu compte de ce qu'il aurait pu arriver, par exemple si Jessica s'était trouvée encore avec moi ? Tu aurais pu tuer l'un de nous. Ou même tous les deux !

Alexa sentit les sanglots lui monter à la gorge.

— Je t'avais dit que je ne savais pas conduire une automatique, plaida-t-elle, mortifiée.

— Ah, bravo ! Tu viens donc de me prouver que tu avais raison !

Prête à défaillir, elle alla prendre son sac, qu'elle avait laissé sur le siège arrière. Lorsqu'elle constata les dégâts, elle fut catastrophée. L'aile arrière de la voiture avait été complètement enfoncée par le choc.

— Je croyais que tu devais aller directement à ton bureau après avoir conduit Jessica à l'école ? demanda-t-elle, toujours bouleversée.

— Je viens de t'expliquer que j'avais oublié des papiers importants. Tu ne m'as pas aperçu, quand tu as fait marche arrière ?

— Non, avoua-t-elle d'un ton misérable.

Ils restèrent un moment silencieux. Le spectacle de cette voiture accidentée était navrant.

— Il faut que j'aille faire les courses, dit-elle en essuyant ses yeux maintenant mouillés de larmes.

— Pas question. Tu vas rester à la maison et moi, je me charge des courses. As-tu fait une liste ?

Elle sortit la liste de sa poche et la lui tendit. Il avait le visage sévère, et elle en fut épouvantée.

— A tout à l'heure, lança-t-il froidement.

Elle remonta la pente en direction de la maison et se précipita dans la cuisine. Elle but d'une traite un grand verre d'eau, puis s'appuya des deux mains à la table, effondrée par ce qui venait d'arriver. Elle ne parvenait pas à retenir les sanglots qui la secouaient. Ses joues étaient inondées par les larmes qui coulaient de manière incoercible. Elle se sentait plus malheureuse que jamais.

Elle resta ainsi un long moment, toujours appuyée à cette vilaine table de cuisine, dont la couleur, d'un jaune sale, lui soulevait le cœur.

Comme elle se calmait peu à peu, elle sentit une présence derrière elle. Elle se retourna. Stefan était de retour, déjà. Il avait sans doute renoncé à se rendre au supermarché, et avait fait demi-tour.

Elle ne sut pas lequel des deux alla d'abord vers l'autre, qui fit le premier pas, mais elle se retrouva soudain tout contre lui, blottie dans ses bras protecteurs et vigoureux.

Oh, comme elle l'avait désirée, cette étreinte rassurante ! Après son accident, elle s'était trouvée dans un tel état d'abandon et de faiblesse que la priorité première, pour elle, avait été de pouvoir s'appuyer contre une épaule solide, contre un être qui peut vous soutenir, vous aider à vivre, dans les moments où tout vous abandonne, même le ciel.

Lorsqu'elle s'était retrouvée à l'hôpital, ses amis, dans leur ensemble, avaient fait preuve de maladresse, ne sachant dire les mots qu'elle attendait. Ils n'avaient parlé, pour la plupart, que de choses médicales, de détails techniques concernant ses blessures, alors qu'elle avait tellement envie d'entendre autre chose : des témoignages personnels et sincères d'affection et d'amour.

Ce qui lui avait manqué le plus, à vrai dire, c'était un contact charnel, une main qui prend votre main, une joue qui se pose contre la vôtre. Alexa éprouvait un besoin fondamental de contact physique, probablement parce qu'on ne lui avait pas donné suffisamment d'amour ni de câlins dans son enfance.

Et à présent, tandis que Stefan la serrait dans ses bras, elle avait l'impression de retrouver un oxygène qui lui manquait. Elle respirait et, de nouveau, la vie redevenait possible.

Etait-il encore en colère contre elle ?

Elle leva les yeux et constata, en voyant les siens, que quelque chose avait changé. Stefan semblait avoir bel et bien changé, lui aussi.

Lovée dans ses bras, le temps lui parut extraordinairement suspendu, comme aboli. Les secondes qui passaient étaient comme des heures. Entre elle et lui passait un courant magique capable d'effacer les chiffres des horloges.

Il avait paru sur le point de l'embrasser, mais il s'était pourtant ravisé ; cela s'était passé comme s'il avait changé d'avis, au tout dernier instant. Pourquoi ?

Elle leva de nouveau le visage et le questionna des yeux, éperdue.

— Pourquoi, Stephan ?

Pourquoi n'avait-il pas été jusqu'au bout de ce baiser ? Pourquoi ce renoncement ?

— Non, non, fit-il en hochant lentement la tête.

Il lâcha son étreinte et recula d'un pas, tandis qu'il remettait de l'ordre dans ses cheveux, sans lui fournir d'explication véritable.

— Je te demande pardon pour tout à l'heure, murmura-t-il. Tu m'as fait très peur et j'ai réagi d'une manière pas très aimable.

— Ce n'est pas grave, répondit-elle dans un murmure, toujours bouleversée.

Elle tremblait encore de tous ses membres et ressentait l'envie de retrouver les bras qui venaient de l'abandonner. Elle aurait voulu qu'il la serre contre lui, qu'il l'embrasse passionnément. Hélas, si ce désir avait pu l'effleurer, il paraissait y avoir renoncé.

Il se redressa de toute sa hauteur.

— J'avoue que tu m'as fait une belle peur, tout à l'heure, assura-t-il avec douceur.

— Je suis désolée…

— Non, c'est moi qui suis désolé de ma réaction.

Elle aurait tellement aimé, en cet instant précis, être dans les bras de Stefan, se coller contre lui, appuyer sa tête contre son épaule… Elle aurait tellement souhaité qu'il l'embrasse !

— Je comprends pourquoi tu as réagi si maladroitement, en conduisant, expliqua-t-il sur un ton affectueux. J'avais totalement oublié ton accident de voiture.

— Ah ? murmura-t-elle, égarée, en passant machinalement un doigt sur sa cicatrice.

— Tu n'avais pas repris le volant depuis cet accident, n'est-ce pas ? poursuivit-il.

Elle hocha la tête. Elle gardait les yeux fixés sur lui, comme hypnotisée, se demandant encore et encore pourquoi il ne l'avait pas embrassée. Elle avait bien senti, à un moment donné, qu'il allait poser ses lèvres sur les siennes. Mais il s'était ressaisi. Pourquoi ? Quelle idée avait-elle pu le retenir ainsi ?

Comme elle restait hébétée, le cœur battant la chamade, il insista doucement :

— Alexa, je t'ai posé une question…

— Ah, le volant ? fit-elle d'une voix blanche. Non, je n'ai pas conduit depuis mon accident. Je n'avais plus de voiture, et plus tellement envie non plus d'en avoir… Oh, tu sais, Stefan, je suis consternée pour ta voiture.

— Ne te fais pas de souci pour ça, dit-il d'un ton rassurant. Ce n'est qu'un tas de ferraille, après tout. Mais assieds-toi donc, tu trembles comme une feuille…

C'était à cause de lui qu'elle tremblait, pas à cause de l'incident. Elle n'avait pas envie de s'asseoir. Sa seule envie était de retourner dans les bras qui l'avaient serrée si tendrement un instant plus tôt.

— De toute façon, cette voiture ne m'appartient pas. C'est un véhicule de location. Et l'assurance tous risques couvrira tous les frais. J'avais simplement oublié que tu conduisais terriblement mal…

— Mais non, voyons ! coupa-t-elle, sur la défensive.

Il eut un sourire indulgent.

— Souviens-toi du jour où tu as démoli ma voiture, en Roumanie. Et puis de ton accident récent…

— Ce n'était pas ma faute ! Un camion roulait sur le mauvais côté de la route…

— Tu te sens mieux, à présent ? reprit-il, dans l'intention manifeste de passer à un autre sujet.

— Oui, merci. Ça va.

Ce n'était pas vrai. Cela n'allait pas du tout. Et Stefan semblait le deviner.

Il se gratta machinalement la tête, l'air soucieux. Puis il marmonna d'un ton mélancolique, comme s'il se parlait à lui-même :

— Cela ne va pas être facile. Je ne suis pas un homme facile à vivre. Tu as probablement dû t'en rendre compte. C'est vrai : je ne suis pas fait pour le mariage, surtout pas pour un mariage comme le nôtre. Mais c'était le seul moyen pour moi d'obtenir la garde de Jessica. Je n'ai pas besoin d'une épouse. Peut-être suis-je trop égoïste pour vivre à deux. Enfin, je n'avais pas le choix…

Il soupira amèrement.

Il s'était montré franc, et elle lui en était reconnaissante. Au moins elle ne pouvait plus se faire d'illusions, à présent.

— Je comprends, murmura-t-elle, à la fois triste et déstabilisée.

— Jessica a vraiment besoin de moi, reprit-il avec ferveur. Et cela représente quelque chose, une petite fille qui n'a qu'une personne au monde. J'avais peur de ne pas pouvoir être à la hauteur, mais tu m'as aidé — et tu m'aides — à rendre possible un accord entre elle et moi. Si tu savais comme je suis attaché à elle, maintenant !

Elle sentit son cœur se briser.

— Oui, je le sais…

— Je dois reconnaître que tu t'occupes très bien d'elle, ajouta-t-il, reconnaissant. D'ailleurs, d'une manière générale, les enfants t'adorent. Tu te souviens, en Roumanie, quand les gamins te suivaient comme le joueur de flûte dans le conte de Hamelin ? On dirait que tu sais instinctivement quoi faire avec les enfants, et quoi dire. Ils t'adoptent immédiatement. Jessica t'a adoptée aussi dès le départ. Elle t'aime beaucoup. Elle m'a dit que tu lui avais proposé de lui lire une histoire, quand elle était couchée…

— Bah… lire une histoire, ce n'est pas le bout du monde…

— Non, mais il n'empêche que c'est une preuve de gentillesse. Tu es une femme profondément gentille. Tu te souviens de la sollicitude dont tu as fait preuve à mon égard lorsque j'étais démoralisé par les difficultés juridiques concernant Jessica ?

— Est-ce la raison pour laquelle tu as choisi de m'épouser ? questionna-t-elle, intriguée. Parce que tu me trouvais gentille ? Parce que j'aimais bien les enfants et que je savais m'en occuper ?

Comme il ne répondait pas, elle chercha à lire ses sentiments dans les reflets verts de ses yeux. Mais, sans détourner le regard, il dit simplement :

— Oui. C'est pour cela. Et c'est aussi pour ton humour, et ton esprit d'indépendance. Je ne voyais aucune autre femme qui eût pu remplir aussi bien ce rôle d'épouse, aucune autre avec laquelle la vie eût été possible.

— Oh, mais tu es en train d'évoquer l'Alexa du passé, soupira-t-elle avec nostalgie. Celle qui savait rire, s'amuser, prendre les choses avec légèreté ! Cette femme-là a connu un terrible revers et, depuis, les choses sont devenues affreusement difficiles pour elle. Et elle n'est plus aussi drôle qu'avant. Et elle ne sait plus très bien ce qu'elle fait. Et en plus, elle démolit ta belle voiture !

— Qu'importe la voiture ! grommela-t-il, pensif.

— L'Alexa d'aujourd'hui ressemble à un petit animal effarouché, reprit-elle avec amertume. C'est une femme meurtrie qui est passée par de telles difficultés qu'elle se demande si elle pourra jamais s'en remettre.

— Tu es dure avec toi-même ! protesta-t-il avec un sourire indulgent.

— Tu crois ?

— Certainement. Mais il est vrai que ces derniers jours n'ont pas été drôles pour toi. Il y a eu d'abord cette minuscule maison prêtée par Mike, un endroit qui ne te convenait pas. Et puis l'emménagement dans cette maison-ci qui est encore un vrai chantier… Mais tu vas voir : les choses vont s'arranger. Les travaux seront bientôt terminés. Et moi, je vais faire un effort pour être plus agréable à vivre. C'est promis.

Il la fixa avec une intensité nouvelle.

— N'abandonne pas la partie, murmura-t-il d'un ton ému.

Il s'interrompit une seconde et reprit d'une voix vibrante :

— Mais, d'un autre côté, ne t'attache pas trop à Jessica.

Elle tressaillit, bouleversée par l'avertissement. Ce n'était pas de Jessica qu'il s'agissait, elle le comprenait bien ; c'était de lui. Et ce qu'il venait de dire signifiait : « Ne t'attache pas à moi. Tes rôles de mère et d'épouse ne sont que provisoires ».

— Non, répéta-t-elle d'une voix à peine audible. Je ne m'attacherai pas à elle.

Mais elle savait parfaitement que c'était trop tard. La place que Jessica avait prise dans son cœur était trop importante déjà, trop précieuse. Et elle ne pouvait pas évacuer ainsi la petite fille par une simple décision. C'était sûr : elle allait encore souffrir. Elle n'en finissait pas de souffrir.

Ils restèrent silencieux un moment, puis Alexa dit sur un ton plus ferme :

— Il vaut mieux que tu t'en ailles, maintenant, Stefan. Tu dois être terriblement en retard pour ta réunion.

— Peu importe. On se passera de moi, fit-il en souriant.

— As-tu fini par retrouver les papiers qui te manquaient ?

— Je les avais laissés dans la voiture, avoua-t-il, l'air piteux.

Ils rirent tous les deux de bon cœur.

— Je m'occuperai des courses, dit-elle. Je prendrai le bus. Va vite à ton travail.

— Bon, c'est d'accord. Mais ne te tracasse pas avec les courses. D'ailleurs j'ai bien l'intention d'engager quelqu'un qui s'occupera de la cuisine et du ménage.

— Mais pourquoi ? Je peux très bien m'en occuper !

— Ce n'est pas ton rôle. Je ne t'ai pas épousée pour que tu sois une bonne à tout faire.

— Ce n'est pas parce que je m'occupe d'une maison que je suis pour autant une bonne à tout faire, protesta-t-elle. Nous n'avons besoin de personne.

Stefan la considéra un instant avec une surprise amusée.

— D'accord, mais nous pouvons tout de même faire appel aux services d'une employée de maison pour la lessive, le repassage, et...

— La lessive, le repassage, le rangement, je connais tout ça, coupa-t-elle avec fermeté. Ne me relègue pas à un rôle inutile, Stefan. Je suis déjà suffisamment insatisfaite de moi-même pour ne pas en rajouter !

— Comme tu veux, dit-il après un temps d'hésitation. Mais j'aimerais tout de même que tu n'aies pas trop à faire.

— Mais non, mais non !

— Tu me dis cela pour faire des économies ? questionna-t-il en fronçant les sourcils.

— Non.

— J'ai tout à fait les moyens de...

— Je sais, coupa-t-elle. Là n'est pas la question.

— J'ai suffisamment d'argent pour engager une employée de maison.

Elle secoua la tête, obstinée.

— Pourquoi te refuses-tu à profiter de mon argent ? demanda-t-il en la scrutant d'un air surpris.

Elle se sentait comme prisonnière de son regard. Elle baissa les yeux et dit simplement :

— Parce que ce n'est pas moi qui l'ai gagné, cet argent.

— Et c'est la raison pour laquelle tu as vécu sur tes maigres économies jusqu'à maintenant, reprocha-t-il d'un ton mécontent. Je comprends pourquoi tu es tellement mince ! Il faudrait tout de même que tu consentes à manger !

— A manger, oui, mais pas ton argent ! rétorqua-t-elle en riant.

— Je t'ordonne d'aller chercher sous quarante-huit heures ton chéquier et ta carte de crédit à la banque, fit-il d'une voix autoritaire.

— Oui, mon général !

Il eut un sourire fatigué, mais un vrai sourire tout de même.

— Il faut que je me sauve, dit-il en jetant un coup d'œil inquiet à sa montre. Il le faut vraiment…

Lorsqu'il eut disparu, la maison, brusquement, sembla terriblement vide à Alexa. Cette absence soudaine lui faisait mal. « Mon Dieu, quand finirai-je donc de souffrir ? » murmura-t-elle, le cœur meurtri.

Et elle songea qu'elle n'avait même pas pensé à embrasser Stefan avant de le laisser partir.

Environ une heure plus tard, on frappa des coups violents à la porte. Alexa, qui était en train de ranger la cuisine, sursauta, et courut ouvrir.

Un petit homme au visage jovial demanda d'une voix guillerette :

— Je suis bien chez M. Blake ?

— Oui, mais il est absent pour le moment.

— Mais je suis bien chez lui ?

— Oui.

— Vous êtes sans doute Mme Blake ?

— Oui.

— J'ai là deux grosses malles dont il avait demandé la livraison. Pourriez-vous dégager la voiture qui bloque votre chemin ? Sinon nous ne pourrons pas passer.

— Ah… La voiture, c'est vrai !

Elle alla chercher les clés que Stefan avait laissées sur la table de la cuisine et revint à la porte d'entrée où l'attendait le petit homme.

— Je vais enlever la voiture, lui dit-elle au passage. J'en ai pour une seconde.

Elle descendit le chemin, ouvrit la portière et s'assit au volant. Elle démarra sans problème et alla se garer un peu plus loin. Le camion qui transportait les malles roula sur le chemin qui menait à la maison et se gara juste devant la porte d'entrée.

Lorsque Alexa fut de retour, le transporteur lui demanda, toujours avec sa manière comique :

— Où est-ce qu'on les met, vos malles, ma petite dame ?

Elle ne savait trop que répondre.

— Elles sont grosses ? demanda-t-elle d'une voix hésitante.

— Oh là, oui ! Très grosses !

— Le mieux, sans doute, serait que vous les déposiez dans l'entrée, dit-elle.

— On y va de ce pas, répondit le petit homme en esquissant un entrechat. Sitôt dit, sitôt fait !

Aidé de son employé, un jeune homme taciturne, il déposa les deux malles volumineuses non loin de l'escalier. Puis il eut l'air d'attendre quelque chose. Le pourboire, bien sûr ! Alexa bredouilla quelques mots et alla chercher son sac dans la cuisine. Il lui restait exactement deux livres et un peu de menue monnaie. Avec un sourire d'excuse, elle donna les deux livres au chauffeur :

— Désolée, c'est tout ce qu'il me reste. Je voulais passer à la banque, mais je n'ai pas eu le temps.

— C'est parfait, dit le petit homme en portant la main à sa casquette. Merci beaucoup. Au revoir, madame.

Ils filèrent allègrement vers le camion qui démarra aussitôt. Dans ce métier, il ne fallait pas perdre de temps, songea Alexa en refermant doucement la porte.

Les deux grosses malles, que les transporteurs avaient déposées juste devant l'escalier, bloquaient le passage, mais elles étaient bien trop lourdes pour qu'elle puisse les ranger ailleurs. Cela signifiait que si elle voulait monter au premier étage, il lui faudrait contourner l'obstacle !

Consultant sa montre, elle pensa qu'il était temps d'aller faire les courses. Pourquoi ne prendrait-elle pas la voiture ? Il était absurde de rester sur un échec, et elle était tout à fait capable de conduire. Elle avait souvent conduit des voitures, dans le passé. Il n'y avait pas de raison pour qu'elle eût oublié comment s'y prendre. Ce n'était pas sorcier, que diable !

Quelques instants plus tard, elle était au volant et roulait en direction de Canterbury. Elle avait retrouvé ses habitudes, ses repères, et le fait que la voiture possède une boîte automatique ne la gênait pas.

Elle passa d'abord à la banque et prit la carte bleue et le carnet de chèques au nom de Mme Blake, puis elle se dirigea vers le supermarché. Tout allait le mieux du monde. Elle eut un petit rire intérieur lorsqu'elle se mit à songer à toutes les difficultés qu'elle s'inventait parfois, à l'avance, sans raison réelle.

Elle se sentait libre, libérée, débarrassée d'un lourd fardeau. Et c'est avec bonne humeur qu'elle effectua différents achats pour la maison, pour Jessica, pour elle. Elle acheta une jolie lampe de chevet pour la chambre de la fillette, des gants de cuisine pour le four, diverses provisions.

Puis elle prit un sandwich à la cafétéria du supermarché, et se mit à songer à elle et à Stefan. Ce mode de vie qui était le leur était décidément bien étrange. Elle repensa à cet instant tellement intense, lorsqu'il avait été sur le point de l'embrasser sur les lèvres. Il avait hésité, au dernier moment. Pourquoi ? Avait-il craint de s'engager dans une aventure qu'il jugeait dangereuse pour lui ?

Elle reprit la voiture et roula en direction de la maison. Quand elle arriva, les ouvriers s'activaient toujours dans la cuisine, et elle leur adressa un sourire au passage.

Une dizaine de minutes plus tard, elle entendit Stefan qui rentrait.

— Il n'a pas l'air de bonne humeur, murmura un des ouvriers en lui adressant un coup d'œil complice.

Les deux hommes ne pouvaient pas ne pas avoir entendu la vive explication qui avait suivi le petit incident de tout à l'heure. Stefan avait parlé suffisamment fort pour être entendu à cent mètres à la ronde.

M. Jones alla subitement se réfugier sous la table.

— Alexa ! s'écria Stefan, dès qu'il fut dans la maison.

Alarmée, la jeune femme sortit de la cuisine et vint à la rencontre de celui qui était son mari.

Stefan avait l'air hors de lui.

— Qu'est-ce que c'est que ça ? interrogea-t-il d'un ton qui la glaça.

— Ce sont tes malles, répondit-elle, inquiète de la lueur mauvaise aperçue dans son regard.

— Je le vois bien, grommela-t-il. Je voudrais simplement savoir ce qu'elles font là !

— Les transporteurs sont venus les livrer, et…

— Alexa, coupa-t-il d'un ton impatient, je voudrais que tu me dises pour quelle raison ils les ont déposées ici.

L'irritation commençait à la gagner, elle aussi. Et c'est d'une voix sèche qu'elle répondit :

— Elles sont là parce qu'ils ne savaient pas où les poser. Parce qu'elles sont lourdes. Parce que tu n'avais pas précisé où il fallait les mettre !

— Nulle part ! gronda-t-il, furieux. Je ne les voulais nulle part, ces malles. J'avais demandé qu'elles soient entreposées dans un endroit sûr, mais pas dans cette maison !

— Et comment aurais-je pu le deviner ? explosa-t-elle. M'en avais-tu parlé, de ces malles ? Que voulais-tu que je fasse ?

Il y eut un silence tendu. Ils se dévisageaient avec une intensité terrible, des lueurs furieuses dans les yeux.

Ce fut Alexa qui reprit la première la parole. Elle se sentait le besoin de mettre les choses au point, alors que la colère commençait à gronder en elle.

— Les transporteurs m'ont dit qu'ils avaient reçu l'ordre de livrer ces malles. Crois-tu vraiment qu'ils m'ont menti ? Si c'est la vérité, alors pourquoi ne m'as-tu pas parlé plus tôt de cette livraison ? En fait, personne ne me dit jamais rien. C'est toujours la même histoire qui se répète. Mike ne m'avait pas prévenue de son retour. Les grands-parents de Jessica ne m'avaient pas parlé de leur grippe, ni du fait qu'il me faudrait prendre la relève. *Motus*, encore une fois ! David, quant à lui, ne m'avait rien dit de son intention de me quitter. Je déteste ces manières, comprends-tu ? Je ne peux pas supporter le non-dit, les cachotteries, les hésitations, les frilosités. Je veux que les choses soient claires !

Elle avait presque crié, à la fin de sa tirade. Elle marcha d'un pas décidé vers le bouquet de fleurs artificielles qui se trouvait toujours sur la table, le saisit d'un geste brusque et se mit à le déchirer frénétiquement. Stefan la regardait avec des yeux ronds, sidéré d'un revirement si soudain.

Sa colère passée, elle retourna d'un pas vif dans la cuisine, saisit la laisse du chien, siffla ce dernier, et sortit de la maison.

Elle en avait assez d'être une victime, une victime stupide et passive. C'était fini, cette manière d'être. Elle ne voulait plus être la cinquième roue du carrosse. Elle avait vingt-six ans, bientôt vingt-sept, et il était temps qu'elle réagisse.

« C'est à toi de prendre ta vie en main, Alexa. La période masochiste est terminée. A partir de maintenant, c'est toi qui vas décider de ce que tu veux et de ce que tu ne veux pas. Personne ne le fera à ta place ! »

Pour commencer, songea-t-elle, elle allait organiser les travaux d'une manière plus active, plus personnelle. Après tout, elle était la femme de Stefan, du moins pendant un an, et elle avait voix au chapitre. Durant cette période, elle allait montrer qu'elle pouvait être une femme d'action.

Elle retourna à la maison d'un pas très déterminé, alla voir les ouvriers et leur annonça d'un ton ferme :

— Je veux que vous commenciez sans attendre les travaux dans la salle de bains du premier étage.

— Mais… madame, nous n'avons pas terminé la cuisine !

— Je le vois bien. Mais la salle de bains est une priorité absolue.

Comme elle les voyait hésiter, elle insista avec assurance :

— Faites comme je vous l'ai dit. Nous n'allons pas passer notre temps à tergiverser.

— Comme vous voudrez, murmura l'un des hommes, étonné par un tel caractère.

Alexa se dirigea ensuite vers la petite table de la pièce principale où Stefan était en train de prendre des notes. Il avait le visage grave, un peu tendu. Il ne s'était pas retourné à son approche et continuait d'écrire avec application, comme si elle n'était pas là.

Tournant un instant la tête, la jeune femme vit que les deux malles avaient été déposées ailleurs. Elle remarqua également que les débris de fleurs artificielles avaient été balayés.

Le téléphone, qui se trouvait près de Stefan, se mit à sonner. Il décrocha en fronçant les sourcils et lui tendit le combiné.

— C'est pour toi, dit-il d'un ton irrité.

— Qui est-ce ? chuchota-t-elle, stupéfaite de pouvoir être appelée ainsi alors qu'elle n'avait donné son numéro de téléphone à personne.

— Aucune idée, bougonna-t-il.

Elle prit le combiné et répondit d'une voix prudente :

— Allô !

— Alexa ? C'est Doug. J'essaye de te joindre depuis une éternité. Où étais-tu passée ?

— Mais… comment as-tu obtenu mon numéro de téléphone ?

— C'est Mike qui me l'a donné…

— Et comment l'a-t-il obtenu, lui ?

— Je ne sais pas. Ecoute, Alexa, est-ce que tu peux venir au magasin aujourd'hui ? Betty est obligée de s'absenter.

Elle vit que Stefan la dévisageait, tandis qu'elle parlait. Elle garda les yeux vrillés dans les siens et répondit d'une voix sèche :

— Ecoute, Doug, je n'ai pas le temps. Je t'avais dit que je ne viendrais pas pendant quelques semaines. N'insiste pas. Et ne rappelle pas, je te prie.

Elle raccrocha d'un geste vif. Stefan la dévisageait toujours, avec dans le regard une étrange lueur, un reflet dur et méfiant.

— C'était Doug, expliqua-t-elle. Il avait besoin de moi au magasin.

— C'est ce que j'ai cru comprendre, marmotta-t-il.

— Je ne sais pas comment il a obtenu mon numéro. C'est très agaçant, commenta-t-elle sans le quitter du regard.

Il avait l'air si sombre, si énigmatique, si hostile, qu'elle l'interrogea d'un ton de défi :

— Qu'y a-t-il, Stefan ? Pourquoi me regardes-tu de cette façon ?

Il poussa d'un geste excédé les papiers qui se trouvaient devant lui.

— J'ai le sentiment que tes amis me considèrent comme un despote, expliqua-t-il. Ils n'osent pas s'adresser à moi, ils m'évitent. J'ai l'impression qu'ils subodorent que notre mariage n'est qu'un mariage de convenance, un faux mariage. Et si jamais…

— Je n'ai parlé à personne de la véritable nature de notre union, protesta-t-elle, ulcérée. Tiens-le-toi pour dit. Je n'ai pas l'habitude de dévoiler les secrets quand on me demande de les garder pour moi.

— Bien, bien, murmura-t-il d'un ton apaisant. Ne t'énerve pas…

A ce moment, on frappa à la porte. C'étaient les deux ouvriers. Ils avaient l'air d'hésiter.

— On s'attaque à la salle de bains, alors ? interrogea l'un d'eux en s'adressant tour à tour à Stefan et à Alexa.

Celle-ci répondit aussitôt d'un ton intransigeant :

— C'est ce que je vous ai demandé il y a une demi-heure. Nous n'allons pas revenir là-dessus : vous commencez immédiatement les travaux dans la salle de bains.

Les deux hommes la considérèrent l'espace d'une seconde avec étonnement, puis leur regard se posa sur Stefan, comme pour attendre une confirmation. Comme celui-ci ne bronchait pas, ils entrèrent.

— La salle de bains, d'accord, murmura l'un d'eux au passage. C'est vous qui décidez. On s'en occupe tout de suite.

Stefan se leva et, une fois de plus, Alexa eut l'impression que la pièce rapetissait.

— Je vais à mon institut, marmonna-t-il avec humeur. On n'arrive pas à travailler, ici.

Il rassembla ses papiers d'une main nerveuse, les enfouit dans sa serviette et sortit.

« Il ne m'a même pas adressé un regard, se dit Alexa, très remuée. Décidément, rien ne va plus, entre nous. »

A la fois intriguée et blessée, elle continua à observer l'étrange comportement de Stefan au fur et à mesure que les jours passaient. Cependant, les travaux se poursuivaient dans la maison. On butait continuellement sur des boîtes à outils, on se prenait les pieds dans des fils électriques, on se heurtait à de nouveaux meubles. De temps à autre, les ouvriers venaient prendre une tasse de thé avec elle. Jessica et M. Jones se gavaient de gâteaux et de tartes qu'elle cuisait dans le four de la cuisine.

Les occasions d'être en tête à tête avec Stefan étaient tellement rares qu'Alexa n'avait pas la possibilité d'engager une conversation approfondie avec lui. Il restait une énigme.

Malgré la présence de Jessica, si fraîche, si charmante, elle s'enfonçait dans une solitude désespérée. Elle avait l'impression de se trouver dans une impasse. Lorsqu'elle songeait à la vie qu'elle menait, il y avait seulement quatre ou cinq mois, elle se disait qu'elle était tombée bien bas. En septembre, elle était une femme «normale», qui avait un travail plaisant, des activités multiples, de beaux cheveux, un joli visage. Aujourd'hui, au cœur de l'hiver anglais, elle avait l'impression de n'être que l'ombre d'elle-même.

Elle se sentait devenir de plus en plus claustrophobe. Certains jours, elle sortait, n'importe où, parce qu'elle ne supportait pas d'être enfermée dans cette grande maison qui n'était pas la sienne. Elle prenait son manteau et s'en allait, au hasard. Elle marchait dans les villages des environs, ou dans Canterbury, s'attardait devant des vitrines.

Un jour, comme elle venait de faire une longue balade dans la campagne, elle tomba sur Stefan qui rentrait de son travail. Car, à présent, il travaillait de manière permanente en Angleterre, à l'Institut de physique appliquée de Canterbury. Dans le but de rester près de Jessica, il s'était arrangé pour ne plus avoir à se rendre aux Etats-Unis, comme auparavant.

Quand il la vit, il s'arrêta. Elle fit de même. Ils restèrent silencieux un moment, tandis qu'ils se dévisageaient avec intensité.

— Stefan, commença-t-elle, j'aimerais tellement que tu…

— Je n'ai pas le temps, rétorqua-t-il avec un sourire triste. Je suis vraiment débordé, en ce moment.

Comme il se dirigeait vers son bureau, qui était maintenant aménagé, elle le retint par le bras. Il se raidit immédiatement mais demeura sur place, comme s'il devinait le bouleversement d'Alexa et sa détermination à en savoir davantage sur le malaise qui régnait entre eux.

— Qu'ai-je donc fait ? questionna-t-elle d'une voix brisée par l'émotion. Que t'ai-je donc fait pour que tu sois si hostile, si distant ?

— Tu ne m'as rien fait, marmonna-t-il d'un ton excédé. Laisse-moi. J'ai du travail.

Il se dégagea et fit quelques pas. Mais elle le rejoignit d'un bond et le saisit une nouvelle fois par le bras, décidée à ne pas laisser passer l'occasion d'un échange, d'une mise au point. Il fallait qu'elle sache ce qui n'allait pas.

— Stefan ! dit-elle avec une voix exaspérée.

— Quoi ?

Il avait presque crié. Son visage était tellement tourmenté qu'il en était presque déformé. Elle ne parvenait pas à détacher son regard de ce visage meurtri.

Elle avait l'impression de devenir folle.

— C'est cela, que tu veux ? reprit-il en la prenant brusquement dans ses bras.

Il l'embrassa d'une manière si violente qu'elle crut défaillir. Puis il la relâcha instantanément et répéta d'un ton dramatique :

— Est-ce cela, que tu veux ?

6.

Après cette étreinte, il entra en trombe dans son bureau et claqua la porte. Mais il la rouvrit presque aussitôt.

— Je suis désolé, dit-il d'une voix désemparée.

Il se tenait dans l'embrasure de la porte et semblait dans un état de grande agitation, malgré l'apparence paisible qu'il essayait manifestement de se donner.

— Il faut mettre ce… cet écart sur le compte du stress dans lequel je vis depuis quelque temps. Tu comprends : le travail, l'aménagement de la maison, les coups de téléphone de Mike, de Doug, de Helen… Tous ces gens qui te demandent et rappellent, car tu es dehors, une fois de plus, avec le chien, ou seule… Tu as vraiment un comportement bizarre, depuis quelque temps. Tu donnes l'impression de fuir cette maison…

Il s'interrompit et l'interrogea du regard. Il avait l'air encore perturbé. Elle ne l'était pas moins, car ce baiser l'avait complètement bouleversée, même si ce n'était qu'un baiser accidentel, un baiser non voulu — du moins consciemment.

— Je retourne au travail, murmura-t-il après un temps d'hésitation. A tout à l'heure…

Il fit demi-tour, rentra dans son bureau et ferma la porte derrière lui.

Alexa posa machinalement ses doigts sur ses lèvres et les retira aussitôt. Elle se sentait une nouvelle fois totalement désorientée, dans l'incapacité de comprendre réellement ce qui se passait en Stefan. Que pensait-il au juste d'elle ? Quels étaient ses sentiments à son égard ? Pourquoi l'avait-il ainsi embrassée, avec cette sauvagerie soudaine ? Et pourquoi ce baiser avait-il pris fin si brusquement, comme s'il lui était intolérable qu'il continuât ?

Assaillie par une multitude de questions, elle essayait de réfléchir de la manière la plus lucide possible. En tout cas, une chose était sûre : le Stefan d'aujourd'hui n'était plus le Stefan qu'elle avait connu en Roumanie, un homme jovial, blagueur, plein d'humour et de joie de vivre... Aujourd'hui il était sombre, préoccupé.

C'était un mari qui n'avait pas eu envie de se marier, pensa-t-elle, désespérée. Un mari qui ne supportait pas le mariage.

Elle mit de l'eau à bouillir et, avec des gestes machinaux, ouvrit le placard, sortit la théière, la tasse et la soucoupe. Son esprit était ailleurs. Elle ne parvenait pas à comprendre pourquoi Stefan ne la supportait plus. Etait-elle odieuse à ce point ? Etait-elle si disgracieuse à ses yeux qu'il ne cessait de l'éviter ? Que lui avait-elle fait, grands dieux ? Ou plutôt, que ne lui avait-elle pas fait ? Qu'attendait-il d'elle, au juste ?

Plongée dans ses tristes réflexions, elle ne l'entendit pas revenir. Elle était un peu penchée, le regard perdu dans le liquide ambré, brûlant, qui dansait dans sa tasse.

— Je pourrais en avoir un peu, moi aussi ? murmura doucement Stefan, tout près d'elle.

— Je croyais que tu n'aimais que le café ? dit-elle en souriant tristement.

— C'est vrai. Je préfère le café. Mais je ne veux pas t'obliger à faire un café alors qu'il y a du thé...

Touchée par cette remarque pleine de gentillesse, elle eut l'impression qu'une brèche s'entrouvrait, qu'un mince espoir se faisait jour.

— Je te fais un café, dit-elle d'une voix sereine.

Comme elle préparait le café, Stefan s'adossa contre le mur de la cuisine en la regardant faire sans dire un mot. Il avait l'air beaucoup plus calme qu'auparavant.

— Excuse-moi, marmonna-t-il au bout d'un moment. Je me suis conduit comme un idiot, tout à l'heure.

Elle lui tendit sa tasse de café sans répondre.

— Merci, dit-il en croisant son regard, l'espace d'une seconde.

Elle se demanda s'il était disposé à une explication de fond, quand elle l'entendit annoncer d'une voix claire :

— J'emporte mon café dans mon bureau. Je retourne travailler.

Une fois à la porte de la cuisine, il se retourna.

— Quand on aura installé ma ligne téléphonique personnelle, ce sera plus simple, expliqua-t-il avec un sourire un peu forcé. Je ne serai pas obligé de prendre tous tes appels.

On ne l'appelait pourtant pas souvent, songea Alexa, un peu froissée. Mike, Doug, Helen donnaient parfois un coup de fil, mais n'insistaient pas lorsqu'ils tombaient sur Stefan.

Un jour, enfin, la maison devint tout à fait habitable. Les travaux étaient terminés. Tout fonctionnait parfaitement. Les aménagements avaient été menés avec efficacité. Le contenu des malles avait été rangé, et Stefan disposait à présent d'un vrai bureau, avec sa ligne téléphonique, son fax, ses ordinateurs, tout ce dont il avait besoin dans l'exercice quotidien de son métier.

Ce qui impressionna le plus Alexa, ce qui lui procura une volupté merveilleuse, c'est le silence qui se fit dans la grande maison. Les ouvriers étaient partis, enfin ! Finis les bruits de perceuses, d'outils divers, de portes claquées, et envolée — du moins pour le moment — la tension qui avait régné entre Stefan et elle.

On aurait dit qu'un nouveau chapitre de leur vie commençait. Lorsqu'ils se croisaient, Alexa et Stefan se souriaient. Le regard de ce dernier avait retrouvé cette flamme d'humour qu'elle aimait tant. L'atmosphère était faite de paix et de complicité.

Alexa, enfin, soufflait et retrouvait goût à la vie, après tant de déboires et de souffrances.

Mais, pour autant, Stefan ne restait jamais longtemps avec elle. Il avait toujours à faire, et s'occupait de Jessica avec une attention de tous les instants. Il chérissait sa nièce comme il l'eût fait de sa propre fille.

L'enfant s'habituait à cette vie nouvelle, entre son oncle qui était pratiquement un père pour elle, et Alexa, qui jouait à merveille le rôle de maman.

Un dimanche matin, comme Stefan et Jessica se préparaient à partir pour rendre visite aux grands-parents de la petite fille, l'enfant interrogea Stefan d'un ton inquiet :

— On va revenir, après ? Tu es certain qu'on reviendra ?

— Mais bien sûr, mon trésor, répondit Stefan tandis qu'il l'aidait à enfiler son petit manteau.

Alexa fut touchée par l'inquiétude de Jessica qui semblait secrètement paniquée à l'idée de ne pas rentrer chez elle.

— On va juste rendre visite à grand-père et grand-mère. On va déjeuner avec eux et…

— Mais on revient, après, n'est-ce pas ? insista Jessica en fixant son oncle d'un œil anxieux.

Stefan croisa le regard d'Alexa. Il semblait étonné par cette crainte subite de sa nièce mais la jeune femme, elle, comprenait à quel point cette maison, Stefan et elle-même s'avéraient précieux, à présent, dans la vie de l'orpheline.

— Quand vous reviendrez, je vous aurai préparé une tarte aux pommes, dit Alexa d'un ton rassurant. Tu veux bien, Jessica ?

Stefan saisit l'enfant sous les bras et la serra contre lui avec une tendresse infinie. Il sembla danser un moment avec elle, dans un chaloupé plein d'amour.

Alexa les observait le cœur serré, tout admirative de la manière dont il s'occupait de sa nièce. Quel père parfait il ferait ! se dit-elle, rêveuse.

Elle se demanda une nouvelle fois pourquoi il ne s'était jamais marié, avant de hocher la tête et de sourire pour elle-même : il était marié, en fait! Oui, il était marié. Avec elle. Mais étrangement…

— Alexa…

Elle entendit vaguement qu'on lui parlait, mais elle était si profondément plongée dans sa rêverie qu'elle ne comprit pas ce qu'on lui demandait.

— Alexa ! répéta Stefan. Tu m'entends ?

Elle sursauta.

— Oh, pardon. Tu disais ?

Il la dévisagea, étonné, et dit d'une voix appliquée :

— Je te disais que nous ne rentrerions pas tard.

Elle sourit et, l'esprit ailleurs, répondit :

— Très bien. Parfait…

— Un jour, on pourra inviter grand-père et grand-mère à la maison, n'est-ce pas, Jessica ?

Jessica fit un signe de tête marquant son approbation totale, puis elle tendit les bras pour embrasser Alexa.

— A tout à l'heure, mon ange, murmura la jeune femme, émue, tandis qu'elle l'étreignait avec tendresse.

Lorsqu'elle eut déposé l'enfant sur le sol, Jessica gronda gentiment son oncle :

— Tu ne l'embrasses pas, toi ?

Stefan fronça les sourcils, hésita, et vint déposer un chaste et bref baiser sur la joue d'Alexa.

Un peu frustrant, ce baiser ! Elle eût tellement aimé un vrai baiser, un baiser passionné, comme au cinéma, comme entre des jeunes mariés — de véritables mariés, bien sûr, pas des mariés d'opérette comme eux !

— A tout à l'heure, donc, fit Stefan en prenant Jessica par la main.

— A tout à l'heure, répondit-elle, désorientée.

Elle les vit s'éloigner, sur le chemin qui descendait vers la route. Jessica tenait Mme Jones sous le bras. Elle paraissait minuscule à côté de la silhouette massive de son oncle.

Ils disparurent dans le bas du chemin. Alexa se laissa tomber dans un fauteuil, mélancolique.

Comme elle passait la main dans ses cheveux qui repoussaient, elle se dit qu'elle désirait plus que ce que Stefan lui offrait. Elle aurait voulu un véritable mariage, un véritable bonheur, un véritable mari. Mais Stefan n'était qu'un ami, elle le savait bien. C'est ce qu'il avait toujours été pour elle, d'ailleurs. Ils avaient un peu flirté en Roumanie, certes, mais il n'avait jamais été plus qu'un simple ami...

Il ne fallait pas demander l'impossible. Après tout, les choses avaient été définies dès avant le mariage : chacun jouait son rôle, et rien de plus.

Rien de plus...

Elle voulait pourtant davantage. Elle voulait Stefan Blake, parce qu'elle était amoureuse de lui. Elle le savait bien, à présent. Ce n'était pas nouveau. Elle l'avait su dès le premier regard. Il ne s'agissait pas d'une simple attirance physique, mais d'amour véritable.

Le problème, c'est qu'il ne l'aimait pas, lui.

Mon Dieu, comme les choses étaient difficiles, et comme elle était malheureuse !

Lorsqu'ils furent de retour, dans l'après-midi, Alexa s'efforça de lire les sentiments de Stefan sur son visage. Mais ses traits demeuraient impassibles, et son expression indéchiffrable. Elle se pencha vers Jessica et la prit dans ses bras.

— Tu t'es bien amusée ? demanda-t-elle, la gorge serrée.

La fillette acquiesça d'un signe de tête, avec un sourire timide. Alexa se dit qu'elle avait dû être terriblement gâtée par ses grands-parents.

— Elle ne se sent pas tout à fait en sécurité, encore, murmura Stefan lorsque Jessica fut montée dans sa chambre. Ce n'est pas facile pour une petite fille de perdre père et mère d'un seul coup !

Alexa songeait qu'il n'était pas facile non plus de les perdre l'un après l'autre, ce qui avait été son cas.

— Il faudra toujours lui dire la vérité, Alexa, reprit Stefan, soucieux. Elle a maintenant une confiance absolue en nous, et nous n'avons pas le droit de la décevoir. Il ne faudra jamais lui mentir, insista-t-il d'un ton ardent.

— Je ne lui mens jamais, assura-t-elle avec calme. Quoi qu'elle me demande, je lui dis toujours la vérité.

Elle interrogea Stefan du regard, le cœur douloureux, et ajouta d'une voix sans relief :

— Mais il ne faut pas oublier que je ne suis là que pour un an. Après... Ce sera à toi de décider la manière dont tu vas l'élever.

Comme il restait sans répondre, elle déclara sur un ton plus enjoué :

— Je vais chercher la tarte dans la cuisine.

Au moment où elle tournait les talons, il la retint soudainement.

— Alexa ...?

Elle tressaillit, se doutant qu'il avait quelque chose d'important à lui confier.

— Oui ? répondit-elle, le cœur battant.

Il y eut un silence, puis il articula nonchalamment :

— Rien.

Elle eut envie d'insister.

— Tu semblais prêt à me dire quelque chose, Stefan, murmura-t-elle, très intriguée. Parle...

Il haussa les épaules, comme s'il se disait que ce n'était pas la peine ou pas le moment de parler de cela. Mais « cela », c'était quoi ?

Il resta de nouveau silencieux et reprit sur un tout autre ton :

— J'aimerais inviter à la maison quelques collaborateurs de mon institut. Tu n'y vois pas d'inconvénient ?

— Aucun. C'est une excellente idée. Combien seront-ils ?

— Quatre, ce qui fait que nous serons six. Puis-je les inviter à dîner ? Ce n'est pas trop te demander ?

— Mais non. Il n'y a pas de problème, assura-t-elle, curieuse de rencontrer les collaborateurs de Stefan. Quand veux-tu les inviter ?

— Demain, c'est possible ?

— Parfait, dit-elle en souriant.

— Inutile de faire de la grande cuisine, précisa-t-il avec un sourire bienveillant.

— Un rôti, par exemple, avec des légumes variés ?

— Formidable, dit-il, ravi. 20 h 30, c'est faisable ?

— Entendu.

— Tu verras, assura-t-il, confiant. Ce sont des gens charmants.

— Je ferai les courses dans la matinée, prévint-elle.

Il jeta un coup d'œil à sa montre.

— J'ai quelques coups de téléphone à passer, murmura-t-il, l'air préoccupé.

Il la laissa sans façon et se dirigea vers son bureau.

« J'ai bien l'impression qu'il m'évite, se dit-elle, consternée. On dirait qu'il n'ose pas me toucher, ni même m'approcher. Dès que nous sommes seuls, lui et moi, il invente n'importe quel prétexte pour s'absenter… Vraiment, il y a un sérieux problème… »

Mais ce problème, elle ne parvenait toujours pas à le résoudre. Elle n'allait tout de même pas passer le reste des douze mois sans comprendre ce qu'il ressentait ! L'énigme qui entourait Stefan était telle qu'elle en perdait le sommeil et l'appétit.

Il fallait qu'elle sache.

C'est ainsi que le lendemain matin, alors qu'il attendait Jessica pour l'emmener à l'école et paraissait une fois de plus vouloir éviter de se retrouver en sa présence, elle se planta devant lui avec aplomb et lui demanda d'un ton résolu:

— Allons, Stefan. Dis moi une bonne fois pour toutes ce qui ne va pas.

— Mais tout va bien ! Tout va bien, protesta-t-il avec une obstination mesurée.

Il la toisa d'une manière étrange, puis grommela sur un ton de reproche :

— Tu ne devrais pas te promener ainsi dans cette robe de chambre légère. Va donc t'habiller !

Stupéfiée par cette remarque tellement inattendue, tellement inhabituelle, elle le dévisagea, interdite, puis répondit sans conviction :

— Comme tu veux… Si ma tenue te gêne, je vais en changer de ce pas…

— Mais non, elle ne me gêne aucunement, voyons ! marmonna-t-il en haussant les épaules.

Il chercha Jessica des yeux et ne la vit pas.

— Jessica ! appela-t-il à haute voix. Nous allons être en retard…

La fillette dévala l'escalier en riant joyeusement, Mme Jones contre elle. Elle embrassa tendrement Alexa, puis ce fut au tour de Stefan d'exécuter ce petit rituel matinal.

Comme il se penchait vers elle pour déposer un bref baiser sur sa joue, elle pivota légèrement de manière à ce que sa bouche frôle la sienne.

Il recula instantanément, comme piqué par une guêpe. La mâchoire serrée, il articula à voix suffisamment basse pour que Jessica ne puisse entendre :

— Ne joue pas à ce jeu-là, Alexa !

Un peu plus tard, Alexa, qui avait emprunté le bus pour se rendre en ville, marchait dans Canterbury dont les rues étaient balayées par un vent glacial.

Après avoir fait les courses, elle donna un coup de téléphone à son amie Helen, et les deux femmes se mirent d'accord pour régler cette histoire de valises qu'Alexa avait laissées chez Helen. Elle irait les récupérer, avec le reste de ses affaires, dès le début de la semaine.

Elle entra dans un café, toute frigorifiée, et commanda un sandwich et un thé.

Comme elle regardait vaguement la circulation à travers la vitre couverte de buée, elle eut l'impression d'apercevoir l'homme avec qui elle avait partagé sa vie — d'une manière platonique — avant son accident.

Mais oui, c'était bien David !

Il était en compagnie d'une jeune femme qu'elle avait bien connue : Linda, et il avait passé un bras autour de sa taille dans une attitude sans équivoque. Le couple semblait vivre une idylle parfaite.

Ce spectacle qui l'eût bouleversée voici quelques mois la laissa presque indifférente. David ne signifiait plus rien pour elle. Il était complètement sorti de ses préoccupations, de son cœur. Elle se rendait compte à présent qu'elle ne l'avait jamais vraiment aimé. En vivant près de lui elle était simplement dans une situation d'attente de l'amour. Mais l'amour n'était pas venu…

Pas avec David.

Mais avec un autre… Stefan. Et elle ne s'en était pas rendu compte, au départ. Elle comprenait à présent qu'elle était tombée amoureuse de Stefan dès l'époque de la Roumanie. Dès lors, David avait été relégué aux oubliettes, sans qu'elle en eût clairement pris conscience.

Elle jeta un coup d'œil à sa montre. Le temps avait passé très vite et il était temps d'aller chercher Jessica à l'école. Elle était en retard, et ne devait surtout pas manquer le bus.

Elle vida sa tasse, laissa quelques pièces sur la table, saisit ses paquets et marcha d'un pas vif vers la porte du café.

C'est à ce moment qu'on poussa vivement la porte, de l'autre côté, et le battant heurta brutalement son bras. La douleur fut instantanée, une douleur très vive.

Elle se sentit blêmir.

7.

Le jeune homme qui était entré alors qu'elle sortait la contempla d'un air catastrophé.

— Mon Dieu, je suis désolé, madame… Je ne vous avais pas vue…

— Ce n'est rien, assura-t-elle en serrant les dents. Tout va bien, ne vous inquiétez pas.

Curieusement, le choc ne lui avait pas fait lâcher les paquets qu'elle gardait d'une main ferme.

Elle sortit d'un pas rapide, décidée à ne pas prêter attention à la douleur qui lui vrillait le bras. Elle devait attraper le 32 au plus vite. Lorsqu'elle arriva à l'arrêt du bus, elle vit celui-ci qui s'éloignait.

Pas de chance !

Il fallait absolument qu'elle soit à l'heure à l'école. Elle se souvenait de la première fois où elle était allée chercher Jessica, et de l'accueil que le gardien lui avait fait ! L'incident ne devait pas se répéter. Un taxi, oui. C'était la seule façon d'arriver à temps…

Comme elle arrivait à la station, elle vit une bonne douzaine de personnes qui attendaient patiemment.

Il fallait trouver autre chose. Un autre bus allait en direction de l'école, mais s'arrêtait à une certaine distance de celle-ci. Il lui faudrait donc marcher. Tant pis ! décida-t-elle. Elle n'avait pas le choix.

Elle grimpa dans le bus et s'assit au premier rang. Tandis qu'elle voyait défiler les rues et les maisons de Canterbury, elle frottait son bras endolori et se réprimandait avec humeur : « Encore une fois, je me suis mise en retard... Je suis incorrigible... » Si jamais elle n'arrivait pas à temps, Jessica attendrait et, lorsqu'il l'apprendrait, Stefan serait furieux ! Or elle ne voulait à aucun prix qu'il se mette en colère. Leur vie commune était déjà assez difficile comme cela !

Elle aperçut son reflet dans la glace. Elle avait une mine affreuse. Ses yeux étaient creusés, ses joues pâles et ses cheveux encore bien trop courts. Mais, au moins, ils repoussaient !

Une fois de plus, le sérieux de sa situation la frappa. Depuis son accident, rien n'allait plus. L'échec se répétait de jour en jour, sans qu'elle vît un espoir. Arriverait-elle à s'en sortir ?

— Praed Street ! annonça le chauffeur d'une voix forte.

Elle sursauta. C'est là qu'elle devait descendre.

Elle rassembla rapidement ses paquets et se leva.

— L'école est tout près, à peine à cinq cents mètres, dit le conducteur du bus d'une voix fatiguée tout en désignant une vague direction sur la gauche.

Il avait eu la gentillesse de la déposer entre deux arrêts, et elle lui en était reconnaissante.

— Merci beaucoup, fit-elle en s'efforçant de sourire.

Elle descendit du bus. Il était 15 h 15, juste l'heure à laquelle Jessica sortait.

Cinq cents mètres à parcourir ! Avec tous ses paquets !

Un vent glacial la saisit. Elle boutonna son manteau et commença à avancer dans la direction qu'avait indiquée le chauffeur.

« Jessica doit être en train de m'attendre, se dit-elle, terriblement inquiète, tandis qu'elle marchait à bonne allure vers l'école. Elle doit s'affoler de ne voir personne... Mon Dieu, il faut que je me dépêche !... »

Pourquoi donc n'avait-elle pas téléphoné à l'école ? se demanda-t-elle, prise de remords. Il aurait été tellement simple de les avertir de son retard ! Mais c'était trop tard, à présent.

Stefan allait être fou de rage !

Le chauffeur du bus avait été optimiste en parlant de cinq cents mètres. Elle reconnaissait maintenant les environs, et la distance était plus proche du kilomètre... Elle avançait aussi vite que possible, mais son chargement lui paraissait de plus en plus lourd, ses jambes de plus en plus fatiguées. Des gouttes de sueur coulaient sur son front. Son bras lui faisait très mal.

Elle aurait voulu s'arrêter pour pleurer, se réfugier dans le premier abri pour y sangloter d'épuisement. Mais elle n'en avait pas le droit. Jessica l'attendait.

Elle arriva enfin, en nage, avec une migraine de tous les diables. Elle entra à la hâte dans l'école et vit que la classe de Jessica était vide.

Par chance, la maîtresse de Jessica se trouvait encore là, occupée à ranger les manuels scolaires sur une étagère.

— Où est Jessica ? interrogea Alexa, à bout de souffle.

L'enseignante la dévisagea d'un regard effrayé.

— Mon Dieu, comme vous êtes rouge ! Etes-vous malade ?

— Jessica ? répéta-t-elle, le cœur affolé. Savez-vous où elle est ?

— Mais... Jessica est partie depuis longtemps !

Alexa eut l'impression qu'elle allait s'évanouir.

— Partie ? Mais ce n'est pas possible ! Elle est partie seule ?

— Non. Bien sûr. M. Blake est venu la prendre.

Prise d'un vertige, elle s'adossa contre le mur de la classe. Dieu merci, Jessica était hors de danger !

Elle haletait encore. La sueur dégoulinait sur son visage, et elle avait la tête en feu. La douleur irradiait dans son bras, de plus en plus intense.

Elle remercia rapidement l'enseignante et tourna les talons, ses paquets lui battant les flancs.

En arrivant à la maison, elle se sentait tellement épuisée qu'elle n'eut pas la force de chercher les clés dans son sac. Les paquets pesaient terriblement sur ses bras. Elle sonna, et ce fut Stefan qui vint lui ouvrir la porte.

Il avait l'air furieux et des éclairs de mauvais augure brillaient dans ses yeux.

— Enfin, c'est toi ! grommela-t-il sourdement. Où étais-tu donc passée ?

— Je suis désolée, murmura-t-elle, à bout de forces. Je...

— Mais regarde dans quel état tu es ! Donne-moi ces paquets, voyons...

Elle entra et se dirigea comme un automate vers la cuisine, suivie par Stefan qui paraissait exaspéré. Mais il fit un effort pour se contenir et c'est d'une voix maîtrisée, sèche, glaciale, qu'il commença :

— Je ne te demande pas le bout du monde. Tout ce que j'exige de toi, c'est une attitude responsable vis-à-vis de Jessica. Que serait-il arrivé si je n'étais pas venu la chercher à l'école ? Peux-tu me le dire ? Elle serait restée toute seule. Elle aurait paniqué. Peut-être aurait-elle essayé de rentrer seule à la maison...

— On ne laisse pas partir les enfants seuls, dans cette école, fit-elle observer d'une voix faible.

— N'essaye pas de te disculper, gronda-t-il. Jessica aurait été malade d'angoisse si personne n'était venu pour elle. Depuis la mort de ses parents, elle est terriblement sensible à l'absence. Elle a besoin d'être entourée, d'être aimée. Tu peux comprendre cela, non ?

Alexa essuya une larme et hocha la tête, désespérée.

— J'ai raté le bus, expliqua-t-elle, la voix brisée.

Elle avait pris froid pendant cette course à pied jusqu'à l'école. Sa gorge la brûlait, et son bras était de plus en plus douloureux.

— Eh bien ! Il ne fallait pas le rater, conclut-il, impitoyable.

Elle s'apprêtait à expliquer dans quel état elle se trouvait, combien elle avait mal au bras, à la tête, et à quel point elle aurait aimé trouver un accueil un peu plus chaleureux, mais il lui tourna brusquement le dos et retourna — comme d'habitude — dans son bureau.

Elle serra les dents et s'essuya de nouveau les yeux. « Ce n'est pas juste, pensa-t-elle, meurtrie. Comment peut-il être capable d'un tel comportement à mon égard ? C'est monstrueux ! Et dire que j'ai cru être amoureuse de cet homme… Amoureuse ? Ah non ! Je ne ressens aucun amour pour lui ! Il est trop tyrannique ! »

Son bras lui faisait horriblement mal. Elle s'aperçut qu'il avait encore enflé. De plus, la migraine la taraudait à la manière d'un marteau-piqueur. Enfin, pour couronner le tout, sa gorge irritée l'empêchait d'avaler sa salive. Elle avait sans doute contracté une angine, et le mieux qu'elle avait à faire était d'avaler un ou deux comprimés contre la douleur. Elle n'en pouvait plus. Mais avant tout, elle voulait dire bonsoir à Jessica.

Elle monta jusqu'à la chambre de l'enfant pour lui souhaiter bonne nuit. Lorsque la petite fille la vit, elle murmura doucement, en la considérant d'un œil étonné :

— Tu es toute mouillée.

— Ce n'est rien, mon trésor, assura-t-elle en l'embrassant. Continue à jouer pendant que je prépare ton dîner. A tout à l'heure…

Elle descendit l'escalier et retourna dans la cuisine. Où avait-elle rangé les produits de pharmacie ? Elle chercha quelques instants dans les placards, en vain. Alors elle remonta au premier, jusqu'à la salle de bains où elle trouva enfin la boîte de pilules qu'elle cherchait. Elle l'ouvrit et fit glisser un comprimé dans le creux de sa main. Puis elle se ravisa et en prit un deuxième. Il lui fallait bien ça pour atténuer sa douleur. Elle avala les cachets avec un verre d'eau.

Elle était trempée, et n'avait toujours pas eu le temps de se changer. Mais il fallait d'abord donner à manger à M. Jones qui avait faim. Lorsque le chien eut englouti sa pâtée, elle lui ouvrit la porte qui donnait sur le jardin de derrière et il se précipita dehors en jappant joyeusement.

Alors seulement elle décida de se changer. Les cachets commençaient à faire leur effet. Son bras lui faisait toujours mal, mais elle s'efforça de ne plus y songer.

C'était encore Stefan qui occupait ses pensées. La manière dont il s'était comporté, tout à l'heure, l'attristait et l'indignait à la fois. Comment avait-il pu se montrer si déplaisant ? Comment ne s'était-il pas rendu compte de l'état dans lequel elle se trouvait ? C'était révoltant.

Ce soir, comme prévu, il recevait ses collègues de travail à dîner. Alexa ne se sentait pas en état d'assurer un service convenable, de jouer un rôle de maîtresse de maison et d'épouse paisible. Elle était à bout de nerfs.

Elle était si remuée, si endolorie, si déçue qu'elle eut envie de monter dans sa chambre et de laisser Stefan se débrouiller seul. Mais elle savait qu'alors, ce serait la guerre ouverte entre eux...

A contrecœur, elle décida de préparer le dîner et de faire, au moins, acte de présence.

Alexa vit le dîner se dérouler comme dans un rêve – ou plus exactement, un cauchemar. Elle avait l'impression d'assister, de loin, à travers une brume, à un spectacle qui ne la concernait en rien. Les collègues de Stefan parlaient, riaient, mangeaient, buvaient, s'amusaient et elle demeurait dans son monde à part, douloureux et lointain. Elle pouvait à peine répondre aux questions qu'on lui posait, et se sentait comme une somnambule. Stefan expliqua à ses hôtes que sa femme était un peu souffrante.

Un peu seulement ? Elle était affreusement malade. Ce n'était pas seulement son bras, gonflé, douloureux, malgré les cachets avalés, qui posait problème, mais sa tête, tout endolorie, et sa gorge qui lui semblait avoir été frottée avec du papier de verre.

Lorsque Stefan raccompagna les invités à la porte, elle tenait à peine debout. La pièce, autour d'elle, vacillait. Les meubles, les objets avaient des contours flous. Les bruits et les paroles qu'elle entendait lui parvenaient comme déformés.

Elle marcha d'un pas incertain vers la cuisine et mit en route la machine à laver la vaisselle que Stefan avait remplie. Le bruit lui vrilla la tête, et elle eut l'impression qu'elle allait vomir. Un désarroi total s'ajoutait à son malaise physique.

— Je n'en peux plus, murmura-t-elle en portant la main à son front qui était brûlant.

Puis elle entendit, comme à distance, la voix de Stefan qui lui disait :

— Laisse la cuisine. Je vais ranger tout ça. Monte te coucher, tu n'as vraiment pas l'air bien.

Elle porta de nouveau la main à sa tête.

— Qu'est-ce qui est arrivé à ton bras ? questionna-t-il en découvrant son poignet affreusement enflé.

— Je me suis cognée.

— Va te coucher, répéta-t-il sur un ton plus affectueux mais néanmoins autoritaire.

Elle titubait, au bord de l'évanouissement.

— Désolée pour le dîner, chuchota-t-elle d'une voix exténuée. Je ne me sentais vraiment pas bien.

— J'ai vu cela. Ne t'inquiète pas. Bonne nuit, Alexa.

Elle monta l'escalier comme on grimpe l'Everest, un pas après l'autre, la respiration courte, une énorme fatigue pesant sur ses épaules. Elle alla droit à sa chambre, enleva ses vêtements, s'enveloppa d'un épais peignoir et se jeta sur son lit. Elle s'endormit d'un coup et se réveilla dans un état comateux.

— J'ai la grippe, gémit-elle faiblement. Voilà bien ma chance !

Elle se sentait si mal qu'elle n'avait pas la force de se lever. Quelques instants plus tard, elle entendit la porte de sa chambre s'ouvrir doucement. Elle savait que c'était Stefan. Elle n'ouvrit pas les yeux, car la lumière lui faisait mal. Etait-ce déjà le matin ?

— Désolée, je n'ai pas pu conduire Jessica à l'école, murmura-t-elle, à l'agonie.

— C'est moi qui l'ai accompagnée, dit-il calmement.

Elle l'entendit qui marchait dans la chambre.

— Je ne me sens vraiment pas bien, articula-t-elle avec difficulté, car sa gorge lui faisait très mal. Je pense que j'ai la grippe.

— Je vais prévenir le médecin, répondit-il avec une intonation sans relief. Reste couchée. As-tu besoin de quelque chose ?

Elle secoua négativement la tête.

Une heure plus tard, le médecin entra dans sa chambre. C'était une femme d'une quarantaine d'années, plutôt sympathique. Elle confirma qu'il s'agissait bien d'une grippe, et rédigea une ordonnance.

— Reposez-vous, buvez beaucoup, et dans quelques jours vous irez mieux, assura-t-elle avec un sourire encourageant.

Alexa se laissa tomber sur son oreiller, à bout de forces. Elle n'eut pas l'énergie de dire au revoir au médecin et, totalement harassée, elle ferma les yeux et sombra dans un gouffre qui l'engloutit corps et âme.

Elle émergea trois jours plus tard, après avoir eu quelques brefs instants de veille. Elle se sentait ressuscitée comme par miracle. Elle se leva, marcha jusqu'à la salle de bains et prit une douche qui la réveilla tout à fait. Puis elle descendit à la cuisine pour prendre son petit déjeuner avec Jessica et Stefan. Ils parurent très étonnés de la voir debout.

— On dirait que tu vas mieux, constata Stefan, l'air soulagé. Ta grippe n'a pas duré trop longtemps. Tu as de la chance.

— Oui, cela va beaucoup mieux, acquiesça-t-elle en souriant. Qu'est-ce qui sent bon comme ça ?

— C'est mon chocolat, répondit Jessica.

En effet, une casserole pleine d'un liquide onctueux et fumant était en train de chauffer sur la cuisinière.

Alexa fut brusquement saisie par une évidence nouvelle *: elle sentait* de nouveau les odeurs ! Ce n'était pas une illusion ! D'un geste vif, elle prit la boîte à café, l'ouvrit et huma le parfum du café, les yeux fermés, toute à sa béatitude.

— Merveilleux ! murmura-t-elle, les larmes aux yeux. Mon odorat est revenu !

— C'est normal, enchaîna sèchement Stefan. Cela signifie que ta grippe a disparu.

— Non, ce n'est pas cela, expliqua-t-elle en s'asseyant devant la table. Depuis mon accident de voiture, j'avais perdu l'odorat et le goût. Je ne sentais plus rien, je ne...

— Depuis ton accident ? l'interrompit Stefan, intrigué.

— Oui.

— Encore un secret que tu ne m'avais pas confié, grommela-t-il, l'air vexé.

Elle fut surprise de cette remarque, inhabituelle chez lui. Affichant un sourire avenant, elle avoua d'un ton dégagé :

— Je n'en avais parlé à personne.

— Même pas à David ?

— Mais non, bien sûr.

Stefan parut surpris par sa réponse. Le regard fixe, il semblait plongé dans un abîme de réflexions.

Alexa, enchantée d'avoir retrouvé l'odorat, se disait que le goût n'allait probablement pas tarder à lui revenir, lui aussi. C'était pour elle une libération, et cela lui redonnait le courage qui lui avait tant manqué ces derniers jours.

Elle allait retrouver sa vie d'avant, sa vie perdue, elle allait redevenir la jeune femme qu'elle avait toujours été, avec sa joie de vivre, son humour, sa bonne humeur...

— Il est temps d'y aller, annonça froidement Stefan après avoir jeté un coup d'œil à la pendule.

Alexa le considéra, l'espace d'une ou deux secondes, le cœur déchiré. Pourquoi demeurait-il si lointain ? Pourquoi ne lui disait-il rien d'autre que les choses banales du quotidien ? Qu'avait-elle fait pour qu'il s'enferme dans cette solitude ?

Jessica termina en vitesse son chocolat, puis se leva. Stefan l'aida à enfiler son manteau.

Au moment où Stefan et Jessica allaient sortir de la cuisine, Alexa, décidée à mettre les choses au point une bonne fois pour toutes, lança d'une voix nette :

— Attends une seconde, Stefan…

Il se retourna et la fixa de son regard sombre.

— Oui ? fit-il, intrigué et manifestement gêné.

— Il faut que je te pose une question.

— Je ne pense pas que ce soit le moment, Alexa.

— Ce n'est jamais le moment. Je voudrais simplement que tu répondes à ma question.

Elle se pencha vers Jessica et murmura d'une voix tendre :

— Ma chérie, monte dans ta chambre chercher ton écharpe rouge, tu veux bien ?

Jessica, d'un signe de tête, montra qu'elle avait compris. Elle s'en alla en trottinant, suivie par M. Jones qui ne la quittait pratiquement jamais, et grimpa l'escalier selon son habitude : en lançant très haut le genou pour passer à la marche supérieure.

— Qu'as-tu à me dire ? marmonna Stefan, l'air excédé. Nous n'avons guère le temps de discuter. Jessica va être en retard à l'école et…

Elle prit une profonde inspiration et articula d'une voix tremblante d'émotion :

— Tu ne peux plus me supporter, n'est-ce pas, Stefan ?

8.

— C'est plutôt moi-même que j'ai de la peine à supporter, corrigea-t-il d'un ton tranquille.

Comme elle l'interrogeait du regard, désorientée, il poursuivit avec tristesse :

— Je n'aurais jamais dû te demander de m'épouser, soupira-t-il. Lorsque nous avons arrangé ce mariage, tu étais encore très affectée par ton accident. Tu n'étais plus toi-même. Non, je n'aurais pas dû t'épouser...

— Je comprends ce que tu veux dire, admit-elle. Mais ce n'est pas cela que je veux savoir. Je voudrais savoir ce que tu attendais de ce mariage, de moi. Qu'espérais-tu au juste ?

— Je ne sais pas.

— Enfin, Stefan ! Tu dois bien avoir ton idée sur le sujet. Tu attendais certainement quelque chose de celle que tu allais épouser.

Il haussa brièvement les épaules.

— Je ne pensais qu'à l'avenir de Jessica. A son bien-être. C'était ma préoccupation principale.

— Et lorsque tu es revenu des Etats-Unis, quel était ton sentiment à mon égard ? Que pensais-tu de mon rôle, dans ta vie ? Souhaitais-tu simplement une femme d'intérieur, calme, bien organisée ? Ne voulais-tu rien d'autre ?

— Je ne sais pas, fit-il d'un ton las.

Elle aurait voulu posséder la clé permettant d'ouvrir le coffre-fort où il enfermait ses pensées. Elle aurait tant voulu lire en lui, afin de comprendre où il en était et quels étaient ses sentiments… Mais elle ne la possédait pas, cette clé magique. Et elle en était réduite à des hypothèses, à des supputations…

— Tout n'est ma faute, dans cette histoire, reprit-elle avec amertume. Toi aussi, tu…

Elle s'interrompit en entendant Jessica descendre l'escalier, et poussa un soupir de frustration.

— Nous reparlerons de tout cela plus tard, murmura Stefan. Ah, j'oubliais : c'est la maman d'Elaine qui raccompagnera Jessica cet après-midi.

— Elaine ?

— Une camarade d'école de Jessica. Sa mère s'est très gentiment occupée de Jessica pendant que tu étais malade.

Ce fut en effet la maman d'Elaine qui accompagna Jessica jusqu'à chez elle dans l'après-midi. C'était une femme très sympathique, se dit Alexa, après avoir reconduit celle-ci jusqu'à sa voiture.

Lorsqu'elle retrouva Jessica, qui enlevait son manteau et son chapeau, elle vit que des larmes coulaient sur les joues de la fillette.

— Que se passe-t-il, ma chérie ? s'exclama-t-elle, effrayée. Pourquoi pleures-tu ?

— On m'a donné une note, à l'école. C'est pour que tu la lises, expliqua Jessica d'un ton désolé.

— Où est-elle, cette note ? interrogea-t-elle avec inquiétude.

— Dans mon cartable, répondit l'enfant qui reniflait de façon pitoyable.

Alexa s'empressa d'aller chercher son carnet de correspondance. On pouvait y lire que seuls les parents des enfants seraient admis à la réunion de parents d'élèves qui allait se tenir prochainement.

Les autres membres de la famille n'étaient pas acceptés, par manque de place.

Son cœur fit un bond. Ce n'était pas possible ! On ne pouvait tout de même pas l'empêcher d'assister à cette réunion ! Jessica était orpheline, et c'est elle-même et Stefan qui étaient responsables d'elle.

Furieuse, elle décida d'appeler la directrice de l'école pour mettre les choses au point. Comme elle ne voulait pas que Jessica entende ce qu'elle avait à dire, elle décida de téléphoner dans le bureau de Stefan.

La personne qu'elle eut au bout du fil était la secrétaire de l'établissement. Alexa lui fit part de son indignation à l'égard de cette note qui les excluait, Stefan et elle, des réunions de parents d'élèves. On lui répondit que le nécessaire serait fait pour prendre en compte la situation particulière de Jessica. Ses parents « adoptifs » seraient considérés comme ses vrais parents. Alexa, rassurée, raccrocha.

Au moment où elle posait le combiné sur son socle, Stefan entra dans le bureau.

— On ne se gêne pas, à ce que je vois, fit-il, irrité. On se sert de mon téléphone...

Alexa n'avait vraiment pas envie de se disputer pour un détail aussi insignifiant. Elle avait utilisé son téléphone, la belle affaire ! Il n'allait tout de même pas en faire un drame ! D'une voix bien posée, un peu froide, elle expliqua :

— Si j'ai utilisé ton téléphone, c'est pour que Jessica n'entende pas ce que je disais. Car ma conversation la concernait.

— Ah ? Pourquoi donc ?

— Imagine-toi que l'école a rédigé une note stipulant que seuls les parents des enfants étaient invités à la réunion des parents d'élèves. Ce qui veut dire que ni toi ni moi n'étions autorisés à venir à cette réunion. J'ai protesté énergiquement.

— Tu as bien fait, commenta-t-il, le visage toujours de marbre.

— D'autant que la pauvre Jessica était dans tous ses états ! Elle est rentrée en pleurant, tout à l'heure. Si tu l'avais vue !

Stefan parut soudain comprendre l'absurdité de cette note administrative.

— Ils ne sont pas très futés, dans cette école. Ils auraient dû savoir que Jessica nous considère toi et moi comme ses vrais parents.

Il parut réfléchir, fronça les sourcils et marmonna entre ses dents :

— Je vais aller lui parler…

Alexa, qui avait espéré avoir une conversation de fond avec Stefan, se sentit soudain terriblement frustrée.

— Prends la fuite, une fois de plus ! lança-t-elle d'un ton de défi.

Piqué au vif, il se tourna brusquement vers elle et murmura :

— Pardon ? Qu'as-tu dit ?

— Tu te défiles sans cesse, Stefan. Je ne sais pas si tu en as conscience. Dès que je souhaite parler avec toi, tu trouves n'importe quel prétexte pour éviter la discussion! C'est vraiment frustrant. Pire : c'est désolant. Non seulement tu critiques tout ce que je fais, mais en plus tu ne cesses de faire preuve d'impatience à mon égard. Tu es tout le temps irrité, agacé, et tu ne me dis jamais rien !

— Mais c'est toi, qui ne me dis rien, Alexa ! Tu ne m'avais même pas parlé de ton problème de goût et d'odorat ! Tu ne m'as rien dit à propos de ton bras enflé, l'autre jour !

— Je ne raconte pas ma vie à tout le monde, répliqua-t-elle avec amertume. Ce n'est pas mon genre. De toute façon, les gens n'écoutent pas. Ils ne sont pas intéressés par les problèmes des autres. Ils ne se préoccupent que d'eux-mêmes.

— Il n'en reste pas moins vrai que tu ne m'as pas dit la vérité, pour ton bras. Tu ne m'as pas confié que quelqu'un qui avait poussé la porte, dans un café…

— Comment sais-tu cela ? questionna-t-elle, intriguée.

— Une connaissance à moi qui se trouvait dans les parages a vu l'incident. Tu aurais dû rentrer à la maison, alors. Etait-ce si difficile pour toi de raconter ce qui t'était arrivé ? Pourquoi ne m'as-tu rien dit ?

— Je ne voulais pas en faire un drame…

Il soupira, l'air contrarié.

— Je suis allé le voir, reprit-il au bout d'un moment à mi-voix, l'air mystérieux.

— Qui ? Celui qui m'a heurté avec la porte, au café ?

— Non, David.

Stupéfaite, elle leva les yeux vers lui.

— David ? Mais… pourquoi ?

— Je voulais lui dire que tu étais malade, et puis lui demander…

Comme il hésitait à poursuivre, elle insista, très remuée :

— Lui demander quoi ?

Il secoua la tête.

— Peu importe, bougonna-t-il.

— Mais si ! C'est important ! Il était avec Linda, lorsque tu l'as vu ?

Stefan parut surpris par la question.

— Ainsi, tu connais Linda ? fit-il en scrutant son regard.

— Evidemment, je la connais. Je t'ai dit que je les avais vus tous les deux, à Canterbury, l'autre jour.

— Non, tu ne m'avais pas dit cela, marmonna-t-il, l'air soupçonneux.

— Je pensais te l'avoir dit, grommela-t-elle, irritée par l'attitude de Stefan.

— Tu as parlé à David, quand tu l'as vu ? insista-t-il.

— Mais non. Pourquoi voudrais-tu que je lui parle ? Je n'avais rien à lui dire !

Ils restèrent un moment sans parler. Ce fut Stefan qui rompit le silence, en murmurant d'une voix éteinte, monotone, comme s'il se parlait à lui-même :

— C'est bizarre, cette habitude que tu as de sortir, à n'importe quel moment de la journée, apparemment sans raison...

— Je suis un peu claustrophobe. J'ai besoin de prendre l'air, de temps à autre.

— Prendre l'air, avec le temps qu'il fait ! siffla-t-il d'un ton désapprobateur. Quelle drôle d'idée de sortir quand il fait un temps glacial... A propos, il faut que j'aille promener le chien.

— Je te remercie de t'être occupé de lui pendant que j'étais malade, dit-elle, reconnaissante. D'autant plus que je sais que tu n'as pas une passion pour lui.

— Bah, nous nous entendons beaucoup mieux à présent, assura-t-il avec un sourire amusé.

Alexa sentit que la conversation pouvait évoluer favorablement. La tension qui existait jusqu'alors avait disparu. Elle ressentit le besoin de se réconcilier avec Stefan, et le profond désir de trouver avec lui un terrain d'entente.

— Je suis désolée, murmura-t-elle avec douceur. Je ne suis pas drôle à vivre, n'est-ce pas ? Je suis une épouse compliquée...

— C'est moi, qui suis impossible, enchaîna-t-il d'un ton humble. Je le sais bien...

Comme il se levait, elle confia d'une voix émue, rêveuse :

— Ce serait tellement bien si les choses pouvaient être différentes.

— Pouvaient être... comment ?

— Ne pourrions-nous pas être amis, Stefan ? Nous l'avons bien été dans le passé...

— C'est vrai, fit-il, apparemment remué lui aussi.

Il s'était levé, mais ne faisait pas mine de partir. Alexa tendit la main et serra légèrement son bras, une manière d'exprimer tous les sentiments qui n'avaient pas été dits, une manière de reprendre un vrai contact.

Elle le sentit tressaillir. S'agissait-il encore d'une réaction de refus, comme au cours de ces derniers jours, de ces dernières semaines ?

Il dégagea son bras, doucement mais de manière décidée, et elle en fut bouleversée. Sa tentative de rapprochement avait échoué, elle en était bien consciente.

— Tu me détestes, n'est-ce pas, Stefan ? interrogea-t-elle, la gorge serrée. On dirait que tu ne peux pas me supporter…

— Mais non, voyons ! grommela-t-il, comme si elle venait d'évoquer la pire absurdité qui soit.

Il tourna les talons et quitta la pièce. Le cœur serré, elle entendit ses pas résonner sur le plancher.

Elle essuya une larme qui perlait à sa paupière. Une fois de plus, Stefan se dérobait. Il s'obstinait à la fuir comme une pestiférée. Parviendrait-elle jamais à savoir pourquoi ?

Le samedi qui suivit, comme s'il se fût agi d'un détail, Stefan annonça à Alexa sur un ton détaché :

— Ah, j'oubliais de te dire : la semaine prochaine, j'emmène Jessica avec moi aux Etats-Unis.

Elle tressaillit, d'abord stupéfiée par une telle décision, puis choquée de la manière dont il la lui avait annoncée.

Elle balbutia :

— Mais…

Elle ne trouvait pas ses mots tant son trouble était intense.

— Tu sais, je t'avais dit que j'aurais à retourner là-bas de temps à autre.

— Tu ne m'en avais rien dit, murmura-t-elle, défaite.

— Ah bon ? Je croyais. En tout cas, je me suis dit que Jessica serait contente de m'accompagner. J'essayerai de l'emmener à Disney Land, je suis sûr que ça l'amusera…

Consternée, elle demanda timidement, avec une voix hésitante :

— Il y a longtemps que ce voyage est prévu?

— Non. Cela date d'hier soir. Nous partirons une semaine.

— Une semaine seulement ? fit-elle, un peu rassurée par la durée limitée du voyage.

Elle avait craint, un instant, qu'il voulût la laisser seule un ou deux mois.

— Oui, une semaine, confirma-t-il d'un ton léger. Pourras-tu préparer sa valise ?

— Bien sûr, fit-elle, découragée par cette décision tellement inattendue. Mais je…

Elle fut interrompue par Jessica qui arriva en courant vers eux.

— Regarde, Alexa !

La fillette ouvrit tout grand la bouche et désigna du bout du doigt une dent qui commençait à bouger.

— Quand elle tombera, n'oublie pas de la mettre sous ton oreiller, conseilla Alexa en souriant. La petite souris t'apportera un cadeau !

Jessica tourna son joli visage vers son oncle.

— C'est sûr qu'elle va venir, la souris ?

Stefan la prit tendrement dans ses bras.

— Oh, certainement. Les souris n'oublient jamais ce genre d'événement ! Viens, mon trésor. Allons voir ce que tu vas emporter en Amérique.

Le dimanche, Stefan et Jessica allèrent déjeuner chez les grands-parents de la petite fille. Alexa n'était pas invitée.

Le lendemain, ils s'envolèrent tous deux pour les Etats-Unis. La semaine qui commença alors pour Alexa lui parut fort étrange. Elle n'était plus habituée à être ainsi seule.

Elle décida de nettoyer la maison de fond en comble, ce qui lui permit de ne pas trop penser à cette séparation si brutale…

Chaque jour, elle emmenait M. Jones faire une longue promenade dans la campagne. De retour chez elle, elle guettait le téléphone, attendant un appel des Etats-Unis, mais Stefan n'appelait pas. Pourquoi ne lui faisait-il pas signe ? Il n'est pas difficile de passer un coup de fil, tout de même !

L'absence de Stefan et de Jessica la plaçait dans une situation nouvelle, et lui permettait de faire le point. Elle prenait soudain conscience qu'elle était terriblement attachée à eux. Elle aimait Jessica comme sa propre fille, elle aimait Stefan comme un *vrai* mari, comme un amant… Et pourtant, ils n'avaient jamais été amants !

Lorsqu'elle les entendit rentrer, le dimanche suivant, son cœur fit un bond. M. Jones se précipita vers la porte d'entrée, et elle fit de même.

Stefan portait Jessica dans ses bras.

— Elle dort, annonça-t-il du ton le plus naturel, le plus tranquille. Je vais la mettre sur son lit. Pourras-tu la déshabiller ?

— Bien sûr, murmura-t-elle d'une voix brisée par l'émotion.

Il ne lui avait même pas accordé un regard alors que, de son côté, Alexa sentait s'imposer à elle, avec une évidence absolue, un sentiment unique : l'amour… Un amour aussi fort qu'absurde, car n'était-elle pas seule à aimer ?

Abattue, elle suivit Stefan jusqu'à la chambre de Jessica. Celui-ci posa doucement la petite fille sur son lit, puis Alexa prit la relève.

— Tout s'est bien passé ? interrogea-t-elle en levant les yeux vers lui.

— Très bien, répondit-il d'une voix sèche. On se voit dans deux minutes ? Je vais à mon bureau et je reviens.

Il sortit de la chambre, la laissant bouleversée. Sa manière d'être se faisait de plus en plus étrange, et il semblait encore plus lointain qu'avant le voyage. Il voulait la voir, avait-il dit. Sans doute pour avoir une explication avec elle. Il allait certainement lui expliquer que cela suffisait, qu'il était temps qu'elle parte…

C'était logique : le mariage qu'ils avaient arrangé se soldait par un échec cuisant. Il ne la supportait plus. Dès le départ, les choses s'étaient révélées impossibles. Leur vie à deux était un fiasco complet.

Comme elle mettait Jessica dans son lit, Alexa prit la mesure du drame : elle allait quitter cette maison, quitter Jessica, quitter Stefan… C'était trop ! Comment pourrait-elle supporter cette souffrance ? Elle en mourrait, c'était certain !

Après être sortie de la chambre de Jessica, dont elle laissa la porte entrouverte afin que la petite puisse retrouver ses repères au cas où elle se réveillerait, elle descendit l'escalier. Stefan l'attendait dans la grande pièce du rez-de-chaussée.

Il s'avança vers elle, lentement.

Elle s'attendait qu'il lui dise : « C'est fini. Séparons-nous… » Mais les quelques mots qu'il prononça furent d'une tout autre nature.

— Tu m'as manqué, Alexa, murmura-t-il en s'approchant d'elle.

— Je… je t'ai manqué ? répéta-t-elle, abasourdie.

Son cœur se mit à battre follement dans sa poitrine, et elle sentit un espoir fou l'envahir soudain.

— Est-ce que je t'ai manqué, moi ? ajouta-t-il en la prenant dans ses bras.

Elle le dévisageait, bouleversée.

— Oh, oui ! fit-elle d'une voix brisée.

— C'est bon à entendre, assura-t-il doucement. Car, à partir de maintenant, nous allons pouvoir nous retrouver vraiment…, murmura-t-il avant de se pencher vers elle et de l'embrasser passionnément.

9.

Leur baiser se prolongeait, n'en finissait plus. C'était comme s'ils rattrapaient le temps perdu, songeait Alexa, les yeux fermés et les mains nouées autour du cou de Stefan. Toute à son extase, elle entendait battre le cœur de son compagnon contre sa poitrine.

Ils se détachèrent enfin l'un de l'autre, après un très long et très langoureux moment.

Elle ouvrit les yeux et l'interrogea du regard, éperdue d'amour, ivre de bonheur.

— Il faut que nous parlions, Alexa, murmura-t-il d'une voix rauque.

Oh, oui ! Elle ne savait que trop combien ils avaient besoin de parler ! Tous ces silences, tous ces non-dits, tous ces quiproquos des dernières semaines avaient besoin d'être éclaircis.

— Je vais d'abord chercher les affaires dans la voiture, dit-il en caressant sa joue d'un geste tendre. Je reviens tout de suite.

Il fut vite de retour et courut jusqu'à la cuisine préparer un thé, pour elle, et un café, pour lui.

Il vint s'asseoir tout près d'elle. Alexa était dans un état d'euphorie complète. Elle ne s'était pas attendue à un tel coup de théâtre, à un tel revirement. Sa vie prenait une direction toute nouvelle, pleine de promesses. Un avenir radieux se dessinait devant elle…

— C'est de l'instantané, commenta Stefan. Je n'ai pas eu le courage de faire un vrai café.

— Tu as faim ? demanda-t-elle en posant sa main sur la sienne. Tu veux que je te prépare quelque chose ?

— Non, je suis simplement en plein décalage horaire. J'ai l'impression que mon horloge interne est complètement déréglée. C'est toujours comme ça quand je reviens des Etats-Unis. Je n'arrive pas à m'y faire.

— Tu voulais parler, reprit-elle, brûlante de curiosité. Que voulais-tu me dire ?

Il ne répondit pas dans l'immédiat. Il but une gorgée de café, posa doucement sa tasse, croisa machinalement ses mains, et dit d'une voix grave :

— Avant que je ne m'envole pour les Etats-Unis avec Jessica, tu m'as demandé si nous pouvions être amis…

— Oui, acquiesça-t-elle, émue.

— Tu veux toujours que nous soyons amis ?

— Oui.

— Seulement amis ? insista-t-il en la dévisageant d'un regard brûlant.

Que voulait-il savoir, exactement ? Ils avaient si peu parlé, jusqu'à présent, qu'elle se sentait un peu perdue, déroutée.

— Je ne comprends pas très bien ce que tu me demandes, expliqua-t-elle, embarrassée.

— Mais si. Je veux savoir si tu souhaites qu'il y ait entre nous autre chose que de l'amitié.

Elle sentit brusquement l'inquiétude l'envahir. N'étaient-ils pas en train de créer un nouveau malentendu, d'ajouter encore à la confusion qui régnait dans leurs rapports ? Fixant le sol, elle commença à se mordiller la lèvre.

— Réponds-moi, Alexa, insista-t-il d'une voix vibrante.

Elle murmura d'une voix à peine audible :

— Oui, Stefan. Je rêve de bien autre chose, pour nous…

Il poussa un soupir. Un long, un interminable soupir qui semblait venir du plus profond de lui.

Puis il serra tendrement sa main et dit sur un ton soulagé :

— Nous avons mis du temps à admettre l'évidence, n'est-ce pas ?

Elle hocha lentement la tête, pensive.

— C'est vrai, Stefan. Nous avons mis du temps, répéta-t-elle, les larmes aux yeux.

— Je te désire depuis longtemps, avoua-t-il, ému. Mais je ne voulais pas que nous ayons une aventure sans lendemain. Je n'étais pas sûr de toi, de tes sentiments à mon égard. Nous nous sommes mariés essentiellement pour Jessica, et c'est elle qui venait au premier plan de mes préoccupations. Si nous avions entamé une relation amoureuse, toi et moi, cela aurait comporté trop de risques. Et je ne voulais pas prendre de risques, toujours à cause de Jessica...

— Voilà pourquoi tu ne souhaitais pas partager mon lit, murmura-t-elle, songeuse. Je comprends mieux, à présent.

— Je suis d'un naturel prudent, Alexa. Je ne voulais pas me jeter sans réfléchir dans une aventure sans lendemain. Et puis je voulais attendre que tu te remettes de ton accident de voiture, j'attendais que tu recouvres tous tes esprits.

— Je ne les avais pas complètement perdus, mes esprits ! rétorqua-t-elle, piquée.

Elle fronça les sourcils, réfléchit quelques secondes et corrigea en souriant :

— Enfin... pas totalement, précisa-t-elle, mais un peu tout de même. J'avoue que je me sentais très désemparée, très perdue.

— Je voulais te réconforter, te faire du bien, mais j'hésitais encore...

— Et le jour où tu étais sur le point de m'embrasser, tu te souviens ? Ce jour-là, tu n'as pas osé...

— C'est vrai, murmura-t-il, songeur.

— Pourquoi n'as-tu pas voulu m'embrasser ?

— C'était trop tôt, Alexa. J'hésitais à commettre une imprudence qui nous aurait conduits je ne sais où. Je le répète : je ne te connaissais pas suffisamment pour m'engager.

— C'est pour cela que tu m'évitais tout le temps ?

— Oui. Nous vivions sous le même toit, mais nous faisions chambre à part, et je ne cessais de te désirer. Et puis j'étais jaloux de David…

— Jaloux ! Toi ? Mais c'est fou !

— Je pensais que tu l'aimais toujours.

— Je ne l'ai jamais vraiment aimé, je crois.

— Je ne pouvais pas le savoir. Je me faisais tout un scénario. J'imaginais que tu le retrouvais, de temps à autre, durant tes escapades…

— Quelle absurdité ! Je sortais parce que j'étais triste, triste à cause de toi : tu étais si lointain, tellement inaccessible! J'avais tellement envie d'être près de toi, d'être aimée de toi !

Stefan avait l'air stupéfait. Il la dévisageait avec des yeux plus brillants que jamais. Son beau visage était tendu par l'émotion.

— J'ai besoin de toi, Stefan, murmura-t-elle, chavirée.

Elle serra sa main dans la sienne. Elle se sentait brûler d'une flamme nouvelle et merveilleuse.

— Viens, Stefan. N'attendons pas, dit-elle dans un souffle. Je t'ai attendu si longtemps… J'ai besoin de te toucher, de t'embrasser, d'être tout contre toi…

— Nous avons toute la vie devant nous, Alexa, murmura-t-il avec un sourire très tendre.

— Mais j'ai besoin d'être près de toi, de sentir ton corps contre le mien…, supplia-t-elle, folle de désir.

Elle tenta de garder sa main dans la sienne, mais il se libéra avec un petit rire.

— Allons, allons, Alexa, protesta-t-il. Cesse ce jeu, sinon…

— Ce n'est pas un jeu, Stefan ! J'ai envie de toi !

— Ne complique pas les choses, ma chérie. Lorsque nous ferons l'amour ensemble pour la première fois, je veux que ce soit un moment magique. Je suis dans un état affreux, même si cela ne se voit pas. Je suis tellement fatigué par le décalage horaire que ma vue est brouillée. Tu ne voudrais tout de même pas que notre première étreinte soit un fiasco ?

— Peu importe. J'ai envie de toi !

Elle secouait la tête, obstinée.

— Viens, implora-t-elle en le tirant encore par la main.

— Pourquoi cette exigence de l'instant ? demanda-t-il avec un sourire fatigué. Nous aurons beaucoup de temps à nous, mon cœur. Nous aurons tout le temps pour nous aimer…

— Juste un baiser !

— Non.

— Un tout petit baiser ! Allons, Stefan… Je deviens folle…

— Tu sais bien que nous ne pourrons jamais nous en tenir à un petit baiser. Si nous nous embrassons, nous ne parviendrons pas à mettre fin à…

— Mais c'est ce que je veux, justement !

— Demain, répéta-t-il en hochant doucement la tête.

Elle poussa un long soupir. Elle était très déçue, mais elle comprenait le refus de Stefan. Il n'était pas homme à se satisfaire de la demi-mesure, et recherchait la perfection, pas la médiocrité.

— Demain ? fit-elle tristement.

— Oui…

— Alors, bonne nuit, Stefan, murmura-t-elle, totalement amoureuse.

Elle l'entendit fermer sa porte et marcher dans sa chambre. Une chaise fut poussée, elle entendit encore quelques pas, puis plus rien.

Alors, elle gagna sa propre chambre, enleva ses vêtements, s'allongea dans son lit et fixa le plafond pendant un long moment.

Elle ne pouvait plus tenir. Il fallait qu'elle le retrouve tout de suite. Elle savait que c'était fou, mais elle ne pouvait pas lutter contre son désir…

Elle se leva, enfila sa robe de chambre, et entra comme une voleuse dans la chambre de Stefan. Les rideaux n'étaient pas tirés, ce qui permettait de distinguer les formes, dans la pénombre.

Il était allongé sur le ventre, un bras sous l'oreiller, et dormait profondément.

Elle le contempla un moment, toute tremblante de froid, de désir et d'émotion. Ses larges épaules nues formaient une tache dorée sur les draps.

«Je t'aime», lui dit-elle en silence, tandis qu'elle le caressait du regard.

Elle enleva sa robe de chambre, sa nuisette et entra tout doucement dans le lit de Stefan. Il dormait toujours profondément, sa respiration était régulière. Elle se glissa tout contre lui. Son corps était chaud contre le sien. Chaud et doux.

Elle resta de longues minutes ainsi, lovée contre lui, se réchauffant à son contact. Il était entièrement nu. Doucement, elle passa une jambe sur les siennes, tandis que son bras entourait délicatement sa taille.

Le cœur d'Alexa battait la chamade. Stefan dormait toujours du sommeil du juste. Un autre jour, il se serait peut-être réveillé, mais le décalage horaire l'avait épuisé… En sentant sa peau contre la sienne, elle ne put retenir un frisson de délice. Enfin, elle touchait ce corps magnifique, qu'elle désirait depuis si longtemps ! Les yeux fermés, elle humait le parfum de la peau, des cheveux, transportée par une volupté qu'elle n'avait jamais connue jusqu'alors. Elle se serra davantage contre lui et imprima un très léger mouvement contre son corps endormi. L'intensité de son désir et de son plaisir était telle qu'elle se retint pour ne pas crier.

Puis, doucement, elle se laissa gagner par le sommeil.

*
* *

Lorsqu'elle se réveilla, il faisait jour. Le beau regard vert de Stefan était posé sur elle.

— Tu n'as pas pu attendre ? murmura-t-il en souriant, tandis qu'il caressait tendrement ses cheveux du bout de l'index.

Elle baissa ses paupières l'espace d'une seconde.

— Non, je n'ai pas pu, avoua-t-elle, troublée par la situation.

Il se pencha sur elle et la prit dans ses bras avec une douceur bouleversante. Ses lèvres se posèrent sur les siennes. Un désir fou s'empara d'elle, tandis qu'elle s'offrait à lui.

Au moment où elle s'abandonnait, brûlante, ils se figèrent tous deux brusquement.

La porte s'était ouverte, sans bruit, poussée par Jessica.

Ils se détachèrent l'un de l'autre en soupirant et s'allongèrent côte à côte.

— Je n'ai vraiment pas de chance, murmura-t-elle avec un sourire amusé.

— Ce n'est que partie remise, lui souffla-t-il à l'oreille.

M. Jones entra dans la pièce, faisant cliqueter ses pattes sur le plancher, et Jessica s'approcha du lit.

— Je t'ai cherchée, dit-elle à Alexa. Mais tu n'étais pas dans ta chambre.

— Eh bien…, bredouilla-t-elle, très embarrassée, je…

— Maman et papa dormaient toujours dans le même lit, eux aussi.

— C'est vrai ? fit-elle d'une voix mal assurée, très attendrie par la remarque de la fillette.

Stefan riait du charmant tableau qui s'offrait à lui. Il avait l'air ravi de la situation.

— Tu sais, Jessica, expliqua-t-il de sa belle voix grave, les mamans et les papas dorment toujours ensemble. Et Alexa et moi sommes un peu une maman et un papa…

— Vous allez avoir un bébé ?

Stefan marqua un temps, croisa le regard éperdu d'Alexa et répondit d'un ton ferme :

— Oui.

Il interrogea des yeux Alexa, comme pour obtenir une confirmation, et elle prononça, à son tour, un « oui » clairement articulé.

Elle se sentait envahie par un ravissement sans nom.

— C'est bien ! fit Jessica, un peu solennelle.

M. Jones, lui aussi, semblait comprendre ce qui se disait, car il s'était approché du lit et frétillait de la queue.

— Nous serons toujours pour toi une maman et un papa, expliqua Stefan en posant sa grande main sur le bras de la fillette.

— C'est vrai ? Toujours ? fit Jessica en les fixant alternativement de son regard clair.

— Toujours, confirma-t-il avec force. N'est-ce pas, mon ange ?

— Oui, toujours, répéta Alexa, les yeux mouillés de larmes.

Jessica semblait plongée dans une réflexion intense. Au bout de quelques instants, elle dit d'une petite voix cristalline :

— Comme ça, vous allez pouvoir venir à la réunion des parents d'élèves ?

— Sûr ! dit Stefan en riant. Nous y serons.

La journée qui suivit fut une des plus longues qu'Alexa eût jamais vécues. Elle attendait avec une impatience folle le moment où elle allait retrouver Stefan, seul à seule.

Lorsqu'elle l'entendit sortir de la chambre de Jessica sur la pointe des pieds, son cœur fit un bond dans sa poitrine.

— Elle dort ? questionna-t-elle, anxieuse.

— Oui, mon ange. Nous avons la nuit devant nous. Et toute la journée de demain également : quand j'aurai conduit Jessica à l'école, je reviendrai directement ici. J'ai pris une journée de congé.

— C'est merveilleux, murmura-t-elle, comblée.

— Et maintenant, je vais me coucher, poursuivit-il avec un sourire espiègle.

— J'ai mal entendu… Tu parlais au singulier, Stefan ? *Tu* vas te coucher ?

— Oui. Voilà ce que j'ai décidé : dans exactement cinq minutes, tu vas me rejoindre, et je veux, je veux absolument que tu refasses ce que tu as fait hier soir lorsque tu t'es glissée dans mon lit. Geste pour geste. J'y tiens absolument. Ensuite nous reprendrons notre… conversation là où nous l'avons laissée ce matin.

Il tourna les talons et fit mine de se diriger vers sa chambre, puis il se retourna subitement.

— Oh, j'oubliais de te dire, Alexa… Je t'aime.

10.

Quelques instants plus tard, comme convenu, Alexa entra dans la chambre de Stefan. Comme la veille, les rideaux n'étaient pas fermés, et les vêtements de Stefan jonchaient le sol. Elle se dit qu'il avait dû les enlever en toute hâte.

Elle prit soin de bien fermer la porte à clé, puis elle revint près du lit et se déshabilla complètement. Elle se glissa toute nue contre Stefan, exactement de la même façon que la veille.

Mais cette fois-ci, il était réveillé, et cela changeait tout !

— Stefan…, murmura-t-elle, très troublée.

— J'avais prévu que tu fasses exactement comme hier soir, mais je n'ai pas le courage d'attendre.

Il la prit dans ses bras avec force et douceur à la fois. Elle se sentait comme une plume ballottée par le vent.

Il l'embrassait partout, et sa bouche allumait chaque fois sur sa peau un petit incendie. Bientôt, elle eut l'impression d'être totalement en feu. C'est alors qu'il la pénétra, tout en murmurant des mots d'amour incompréhensibles.

Elle n'avait jamais imaginé que le plaisir pût atteindre de tels sommets. Elle était transportée, transcendée, comblée… Leurs corps s'accordaient merveilleusement. Chacun d'eux, d'instinct, devinait le désir de l'autre. Ils explorèrent avec ivresse ces mondes inconnus où le désir est habituellement en sommeil…

Longtemps après — combien de temps, Alexa l'ignorait, car elle avait perdu, au cours de cette frénésie amoureuse, toute notion du temps —, ils restèrent un instant allongés côte à côte, heureux et silencieux.

Ce fut Stefan qui, le premier, brisa le silence.

— Tu as besoin de grossir, mon amour, déclara-t-il en posant ses lèvres sur une épaule.

— C'est vrai, admit-elle.

— Nous allons nous occuper de ça, promit-il. Je voudrais que tu retrouves le poids qui était le tien en Roumanie, que ta chevelure repousse...

— Tout cela va s'arranger, assura-t-elle, confiante, si tu m'aimes...

— Oh oui, je t'aime, dit-il, les yeux brillants, comme je n'ai jamais aimé. Mais toi, tu ne m'as jamais dit si tu m'aimais...

— Je ne te l'ai jamais dit ? répéta-t-elle, songeuse. C'est étrange...

— Eh bien ? insista-t-il.

— Eh bien, il n'y a jamais eu le moindre doute, assura-t-elle, comblée. Je t'ai toujours aimé et je t'aimerai toujours. Cela te surprend ?

— Je dois avouer que je m'en doutais un peu, murmura-t-il en caressant d'une main tendre ses cheveux.

— J'ai attendu toute ma vie un jour comme aujourd'hui, dit-elle, les larmes aux yeux. Si tu savais par quelles épreuves je suis passée, Stefan, si tu savais combien la vie a été cruelle, quelquefois... Et j'ai tellement souffert !

Tandis qu'il la serrait contre lui avec une ardeur nouvelle, elle tourna son visage vers le sien et demanda, la gorge serrée :

— Nous ne nous quitterons pas, n'est-ce pas ?

— Jamais, promit-il d'un ton ferme. Je t'aime trop pour pouvoir te quitter...

— Mais pourquoi n'es-tu pas venu plus tôt vers moi ? l'interrompit-elle, avide de savoir pourquoi il s'était montré si distant à son égard, durant toutes ces semaines.

— Je me disais que tu étais toujours amoureuse de David, expliqua-t-il sombrement. Tu avais l'air si désespérée, si malheureuse, que je m'imaginais des tas de choses…

— Ce n'était pas David que je voulais, murmura-t-elle avec ferveur. David était pour moi une histoire terminée.

— Je l'ignorais, avoua-t-il. J'avais l'impression de n'être, pour toi, qu'un substitut, un remplaçant…

— Quel terrible malentendu ! Toi et moi nous sommes totalement mépris au sujet de l'autre…

— Tu sais que je suis allé voir David, afin de me rassurer ? ajouta-t-il en souriant.

— Oui, tu me l'avais dit.

— Tu veux savoir pourquoi il t'a quittée ?

— Il te l'a expliqué ?

— Oui. David était un joueur dans l'âme. Il dépensait tout son argent dans des courses de chevaux. Un jour, il s'est retrouvé sans un sou. Le seul bien qui lui restait était le restaurant où tu travaillais. Il a vendu le restaurant pendant que tu étais à l'hôpital, ce qui n'est pas très élégant, comme manière de procéder, n'est-ce pas ? Sa lâcheté l'a empêché de venir t'expliquer où il en était.

— Je pensais qu'il m'avait abandonnée parce qu'il me trouvait laide, dit-elle en tirant machinalement quelques mèches de ses cheveux.

— Tu n'as jamais été laide, assura-t-il d'un ton direct. Tu ne pourras jamais l'être…

— Vraiment ?

Il l'embrassa une nouvelle fois avec une infinie tendresse et murmura :

— Tu es merveilleusement belle, Alexa. Je ne pourrai jamais te quitter. Tu es la femme de ma vie…

— Justement, s'étonna-t-elle, sidérée. Comment se fait-il que tu n'aies pas rencontré plus tôt la femme de ta vie ?

— Je l'avais rencontrée en Roumanie, il y a bien longtemps. Puis j'y ai repensé souvent, par la suite. Et je l'ai retrouvée un jour, en plein Canterbury, une montagne de paquets sur les bras. C'est alors qu'une petite voix m'a averti, alors : « Tu vas la reconquérir, Stefan. Mais je te préviens, cela ne sera pas simple… »

— Ça n'a pas été simple, en effet ! acquiesça-t-elle en riant.

— Oh, j'oubliais de te demander quelque chose, ajouta-t-il en fronçant un peu les sourcils.

— Quoi, mon amour ?

— J'aimerais bien que nous déménagions. Qu'en penses-tu ?

— C'est une idée formidable, Stefan. Ah ! comme je suis heureuse à cette perspective !

— Une nouvelle maison, avec un joli jardin pour Jessica, M. Jones et… nos enfants ! poursuivit-il en la serrant tendrement contre lui.

Avant-première

RED DRESS INK

La collection des citadines branchées

Tournez vite la page
et découvrez en exclusivité
un extrait du roman *City Girl*
de Sarah Mlynowski

City Girl, une comédie détonante
à lire de toute urgence !

A paraître dès le 1er juin

Ce titre n'est pas disponible au Canada

1.

Le salaud !

Le salaud ! Comment a-t-il osé me faire ça ?

Atterrée, je relis le mail de Jeremy. Non, le doute n'est plus permis. Tout est terminé. Hagarde, je compose le numéro de Wendy…

D'habitude, c'est Natalie qui assure la hot-line téléphonique en cas de catastrophe mineure : augmentation refusée par rédac' chef mal lunée, couleur de cheveux massacrée, numéro de téléphone du livreur de sushis égaré. Mais là, il s'agit d'un drame de force majeure. Un séisme de niveau dix sur une échelle qui n'en compte que neuf.

L'abomination de la désolation.

L'étendue de la tragédie me commande d'appeler immédiatement Wendy, ma directrice de conscience et ma meilleure amie — sorte d'hybride naturel de Gemini Cricket et de mère Teresa.

J'aggrave mon cas auprès de mon employeur par un appel personnel longue distance à New York ? M'en fiche. De toute façon, ma vie est foutue.

D'un agile coup de souris, fruit d'une longue pratique, je réduis la fenêtre de ma messagerie au format confetti, au cas où la rédac' chef passerait son museau par ma porte. Si elle déboule sans prévenir, Shauna-la-Fouine ne verra sur l'écran de mon ordinateur que la page en cours de correction de *Millionnaire, cow-boy et futur papa*, ce chef-d'œuvre de la littérature moderne que je suis censée relire, et non l'acte de pur sadisme que Jeremy vient de m'envoyer de Thaïlande sous forme de mail.

Envoyer ? Non, assener. Direct dans les dents.

— Wendy Smith, annonce celle-ci de sa voix de business woman over-charrette.

— C'est moi.

— Betty ? Tiens, c'est drôle, je pensais justement à toi. Je dois avoir des pouvoirs psychiques ! plaisante Madame Irma, inconsciente du drame qui vient de me fracasser en plein vol, me laissant plus bas que terre, l'âme brisée et le cœur en mille morceaux (c'est une estimation, on n'a pas encore retrouvé la boîte noire).

Pas de temps pour les mondanités, je vais droit au but. J'aboie, au bord des larmes :

— Ton pendule intérieur ne t'a pas prévenue que ce salaud allait rencontrer la femme de sa vie en Thaïlande ?

Et comme si ça ne lui suffisait pas, qu'il m'enverrait un mail pour me décrire ses turpitudes par le menu ? Le salaud ! Je ne lui adresserai plus jamais la parole. S'il m'envoie un nouveau mail, j'appuierai sur la touche « efface » sans même l'ouvrir. S'il téléphone, je lui raccrocherai au nez. S'il se rend compte qu'il ne peut pas vivre sans moi, saute dans le premier vol pour Boston et se rue chez moi avec un diamant gros comme cinq fois son salaire — je veux dire, en supposant qu'il soit capable de gagner un salaire — je lui claquerai la porte au visage.

Bon, peut-être pas tout de suite. Je lui laisserai d'abord une chance de s'expliquer.

C'est que j'aimerais bien ne pas finir vieille fille, tout de même.

— Le salaud ! s'écrie Wendy. Comment a-t-il osé te faire ça ?

Ce qu'il y a de bien avec Wendy, c'est qu'on est souvent sur la même longueur d'ondes.

— Et d'abord, qui est cette fille ?

— Sais pas. Une bimbo quelconque qu'il aura trouvée en cherchant son moi profond. Il me laisse trois semaines sans nouvelles et hop ! un mail pour me dire « salut, comment ça va, moi ça baigne, je viens de rencontrer l'Amour. »

— Quelle horreur, il a vraiment dit ça ?

Je réprime un rire hystérique. Comme si Jeremy était capable d'écrire le mot amour, ou même de le prononcer ! Au fil des années, j'ai fini par formuler l'hypothèse qu'il souffre d'un handicap génétique lui interdisant de combiner les lettres A-M-O-U-R dans cet ordre précis.

Oh, je le déteste !

— Ce n'est pas exactement ce qu'il a écrit. Il dit seulement qu'il veut que je sache qu'il voit quelqu'un.

— Attends… Je croyais que tu lui avais précisé que tu le laissais libre de faire des rencontres ?

— Justement, c'était pour lui donner l'occasion de me rester fidèle.

Ce jour-là, j'ai surtout raté une occasion de la fermer.

Depuis que j'ai lu son mail, je visionne en boucle le film de ses orgies sous les cocotiers en compagnie de beautés thaïes nues et frétillantes. Et au lieu de concentrer la fine fleur de mon intelligence sur *Millionnaire*, j'imagine Jeremy, dopé aux aphrodisiaques, faisant sauvagement l'amour à une déesse hollandaise d'un mètre quatre-vingts style Claudia Schiffer en talons aiguilles et lingerie sexy sur une plage de sable blanc.

Récapitulons. Au départ, Jeremy était supposé partir un mois en Thaïlande pour faire le point et me revenir transi d'amour, les sentiments galvanisés par la séparation, enfin conscient de la profondeur de sa passion pour moi et fermement décidé à consacrer le reste de ses jours — et de ses nuits — à couvrir mon corps nu de baisers torrides en répétant sur tous les tons le mot A-M-O-U-R.

Pourquoi n'a-t-il rien compris ? Ma demande était pourtant limpide !

— Betty, il faut regarder la vérité en face, annonce Wendy, lugubre. Voilà deux mois qu'il roule sa bosse à travers la Thaïlande. A l'heure qu'il est, il a déjà dû coucher avec la moitié du pays. Si tu me lisais ce mail, que je mesure l'étendue des dégâts ?

Répéter ces horreurs à voix haute dans le bureau ? Plutôt crever de dysenterie sur la paille humide d'un cachot thaïlandais !

— Peux pas. Je te le fais suivre, attends une seconde.

D'un clic rapide, j'expédie l'instrument du mal vers l'adresse e-mail de Wendy. *Millionnaire* revient sur mon écran, ni vu ni connu.

— ... là, tu l'as reçu ?

— Oui... un instant, marmonne Wendy, j'ai un autre appel sur la ligne.

Elle me met en attente, et aussitôt, une version instrumentale de *My Way* remastérisée pour ascenseurs m'emplit les oreilles. Un malheur n'arrive jamais seul.

Cette fois-ci je dois pleurer pour de bon car l'écran de mon ordinateur commence à se brouiller, un peu comme quand Jeremy essaie de régler la télévision.

Essayait, puisque je vais devoir m'habituer à parler de lui au passé.

Allons, pensons positif. Pensons joyeux, pensons pétillant ! Pensons pot géant de Häagen Dazs aux noix de pécan devant la vidéo de *Mary Poppins* avec Julie Andrews. Pensons billet de loto gagnant et expédition punitive dans les grands magasins aux rayons des sacs à main, maquillage et lingerie fine, munie d'une carte American Express Gold. Non, achat du grand magasin. Avec les vendeurs masculins, si possible.

Je me sens déjà mieux. L'écran retrouve peu à peu sa netteté. Mais poursuivons notre périple dans les souvenirs heureux… La caresse de Jeremy, quand il dessinait des petits ronds avec son pouce à l'intérieur de mon bras.

Touche « efface ». On recommence.

Le jour où le Pr McKleen m'a donné un dix-huit sur vingt pour ma dissertation sur Edgar Allan Poe. Le jour où on m'a retiré mon appareil dentaire et où je suis restée une heure à me sourire dans le miroir de la salle de bains, ravie de ne plus ressembler à Requin, dans *L'Espion qui m'aimait*. Le jour où ma demi-sœur Iris m'a déclaré qu'elle me considérait comme la fille la plus sexy qu'elle connaisse — Gwyneth Paltrow, en plus jolie.

Allez, tout va bien à présent. Je suis d'une sérénité qui ferait passer le Dalaï-Lama pour une puce sauteuse.

C'est précisément l'instant que choisit Helen, ma voisine de box, pour se pencher par-dessus la demi-cloison qui nous sépare.

Helen est une extraterrestre dotée de superpouvoirs terrifiants, en particulier celui de faire irruption au moment le moins indiqué. Pardon, ce n'est pas possible ? Alors comment fait-elle pour passer sa tête de poule étonnée par-dessus la cloison *juste* quand je viens de me brancher sur *Beauxmecs.com* ? ou pour rôder dans le couloir à l'instant *précis* où j'essaie de me faufiler en douce dans mon box les matins de léger retard ?

Helen est un personnage aussi remarquable qu'exaspérant, qui ressemble un peu à la maman d'E.T. et possède la capacité de nuisance d'un bouton qui vous pousse au milieu du nez pile le jour de la fête de fin d'année, ou de vos règles qui arrivent le matin de la virée à la plage avec votre bande de copains, le jour même où vous aviez prévu d'étrenner votre adorable petit Bikini blanc acheté en solde (une misère !) chez Marks & Spencer.

En la voyant s'agiter à ma droite, je comprends qu'il est urgent de protéger mon espace vital. Il y va de ma survie personnelle. Je fixe ma voisine entre les deux yeux — il paraît que c'est là qu'il faut regarder les poules pour les hypnotiser.

— Oui, Helen ?

Elle me demande, très première de la classe :

— Tu ne peux pas faire moins de bruit ? J'ai du mal à me concentrer.

Fayot ! Je me souviens que le jour de mon arrivée chez Cupidon & Co, je me suis solennellement juré de ne jamais me laisser polluer l'oxygène par cette madame J'en-saurai-toujours-plus-que-vous. Ce matin-là, alors que je venais de lui annoncer, façon de lui faire tâter de l'épaisseur de mon bagage intellectuel, que j'avais fréquenté l'université de Penn — presque aussi cotée que Harvard ! — elle m'a regardée d'un air condescendant.

Elle avait connu une camarade qui elle aussi s'était inscrite à Penn car elle ne supportait plus la pression à Harvard. Elle-même, bien sûr, était sortie major de sa promo.

A Harvard.

Ensuite, il y a eu cet épisode tout aussi douloureux pour mon ego où, dans un élan de bonne volonté que je ne me pardonne pas, je me suis penchée par-dessus la séparation de nos box pour la prévenir que je devrais partir en avance pour aller au docteur.

— On dit « chez le médecin », Betty, a-t-elle rectifié sans même lever le nez de son écran.

De ce jour, je me suis retranchée dans une cohabitation polie mais glaciale. J'ai ma dignité.

Pourtant, et pour une raison que je ne m'explique pas, le petit peuple des secrétaires de rédaction semble considérer Helen comme un don de la Providence pour Cupidon & Co. « Helen, tu es la diva de la ponctuation ! Pourquoi n'écris-tu pas un manuel ? » s'extasient-elles. Quand ce n'est pas : « Raconte-nous comment c'était, Harvard ? » ou pire : « Si tu nous parlais de ta théorie de la déconstruction subjective dans l'*Ulysse* de Joyce, Helen ? »

O.K., j'exagère un brin. Mais citez-moi une seule femme normalement constituée capable de consacrer ses pauses-déjeuner à la lecture d'ouvrages aussi folichons que, pour n'en citer qu'un, *Paradigme pour une métaphysique appliquée à la narratologie historique* ?

Le plus étonnant, c'est que ma froideur à son endroit ne paraît pas la décourager. Mon petit doigt me dit qu'elle doit bouillir d'impatience de m'exposer ses théories percutantes sur la déconstruction subjective et la critique littéraire post-moderne.

Pas plus tard qu'hier matin, j'ai encore eu droit à une tentative d'incursion sur mes territoires. « Est-ce que je t'ai déjà raconté que, quand j'étais en première année à Harvard, Jim — tu sais, Jim Galworthy, le prix Nobel de littérature — voulait absolument que je donne des conférences dans tout le pays pour présenter ma thèse ? Il est vrai qu'elle est si innovante… »

Et patati, et patata. Moi aussi, ma poule, j'ai une maîtrise de lettres modernes. Bon, une demi-maîtrise, puisque je n'ai terminé que la première des deux années. Mais comme je dis toujours, pour ce que je gagne ici, c'est bien suffisant, n'est-ce pas ?...

Rendez-vous dès le 1er juin au rayon poche de vos hypermarchés, supermarchés, magasins populaires, librairies et maisons de presse et retrouvez le roman ***City Girl***, de Sarah Mlynowski.

Vous pouvez également commander ce roman en contactant notre Service Lectrices au 01.45.82.47.47.

Collection Azur

Ne manquez pas, le 1er juin :

LE FILS CACHÉ* de *Catherine Spencer* • *N°2303

En se rendant au chevet de son ex-femme, mourante, Michael d'Alessandro est loin d'imaginer que cette visite va bouleverser sa vie. Car il apprend que peu après leur divorce, celle-ci a donné naissance à un enfant qu'elle a fait adopter. Stupéfait, il remue alors ciel et terre pour retrouver la mère adoptive de son fils Jeremy, maintenant âgé de trois ans…

AMOUR, MODE D'EMPLOI* de *Sophie Weston* • *N° 2304

S'il y a bien une chose que Zoé Brown ne supporte plus, c'est la réputation de croqueuse d'hommes qui lui colle à la peau ! Bien sûr, les partenaires se succèdent dans sa vie, mais contrairement à ce que croient ses proches, ils ne passent jamais dans son lit… Nul doute que ses amis tomberaient des nues en apprenant qu'à vingt-trois ans, Zoé est toujours vierge !

UNE FEMME À AIMER* de *Anne Mather* • *N°2305

Lorsqu'il voit débarquer Sara dans sa propriété isolée du Northumberland, Matt Seton, ancien psychiatre et écrivain à succès, s'imagine immédiatement qu'elle est une journaliste en mission. Prêt à la mettre à la porte, il change d'attitude lorsqu'il s'aperçoit qu'elle ignore tout de sa renommée, et qu'elle paraît, de surcroît, en grande détresse psychologique…

LA CAPTIVE DU DÉSERT* de *Barbara McMahon* • *N°2306

Décidément, Sandra aurait mieux fait de s'abstenir d'accompagner son père dans l'émirat du Kamtasin. En effet, surprise par des gardes en train de photographier la résidence de l'émir, voilà qu'elle se retrouvait en prison, accusée d'espionnage ! Une prison dont elle ne sortirait pas de sitôt, à moins d'accepter l'étrange proposition de Kharun Bak Samin, le neveu de l'émir…

Et les 4 autres titres…

CONTRAT MATRIMONIAL de Jennifer Taylor • *N°2307*

Pour sauver l'entreprise familiale de la faillite, Katherine consent à épouser un séduisant homme d'affaires, Jonathan James. Un mariage de façade dont elle s'accommode fort bien puisque, traumatisée par l'expérience de sa mère, elle redoute de laisser libre-cours à sa sensualité. Jusqu'au jour où elle demande à Jonathan de rembourser les dettes de son frère... Il pose alors une condition à son aide : qu'elle partage désormais le lit conjugal.

LE MEILLEUR POUR LA FIN de Stephanie Howard • *N°2308*

Tour du Monde

Alors qu'elle vient de prendre les rênes d'une grande chaîne hôtelière, Cassandra s'aperçoit qu'un des contrats de construction comporte une clause inhabituelle : le propriétaire de l'île Sainte Silva, située dans les Caraïbes, tient à superviser chaque étape des travaux afin d'accorder ou non son aval à l'exploitation de l'hôtel. Mais la stupeur de Cassandra ne s'arrête pas là : car le propriétaire en question n'est autre que Damon Grey, l'homme qui l'a si cruellement trahie six ans plus tôt...

COUP DE FOUDRE & CIE
de Liz Fielding • *N°2309*

Claibourne et Farraday

Femme de tête, India Claibourne ne souhaite qu'une chose : gagner la bataille qui l'oppose aux Farraday, co-actionnaires du magasin C&F dont elle est le P-.D.G. Car, au-delà de son poste, c'est l'avenir de l'établissement fondé par son aïeul qui se trouve en jeu. Et si ses sœurs, membres du conseil d'administration, ont été naïves au point de se laisser séduire chacune par un des cousins Farraday, elle-même se promet de résister au charme de Jordan Farraday !

SECRETS & SCANDALES

LES AMANTS TERRIBLES de Miranda Lee • *N° 2310*

Lorsque les déboires conjugaux de Gemma Whitmore l'amènent à se confier à Damian Campbell, l'ennemi juré de son mari, elle ignore qu'elle va provoquer bien des bouleversements dans les deux clans rivaux de Sydney, en suscitant un rapprochement des plus inattendus : celui de Celeste Campbell et Byron Whitmore, deux tempéraments de feu qui n'ont cessé de s'entredéchirer au cours des vingt dernières années. A moins que cette haine légendaire ne leur ait servi à cacher un secret brûlant...

Collection Azur

8 titres le 1er de chaque mois

ABONNEMENT... ABONNEMENT... ABONNEMENT...

ABONNEZ-VOUS!

2 livres gratuits*
+ 1 bijou
+ 1 cadeau surprise

Choisissez parmi les collections suivantes

AZUR : La force d'une rencontre, la magie de l'amour.
6 romans de 160 pages par mois. 17,70 €* le colis.

AMOURS D'AUJOURD'HUI : Des histoires vraies, des couples d'aujourd'hui. 3 romans de 288 pages par mois. 13,41 €* le colis.

BLANCHE : Passions et ambitions dans l'univers médical.
3 volumes doubles de 320 pages par mois. 14,55 €* le colis.

LES HISTORIQUES : Le tourbillon de l'Histoire, le souffle de la passion.
2 romans de 352 pages par mois. 9,88 €* le colis.

ROUGE PASSION : Rencontres audacieuses et jeux de séduction.
6 romans de 192 pages par mois. 18,24 €* le colis.

DÉSIRS : Sensualité et passions extrêmes.
2 romans de 192 pages par mois. 6,08 €* le colis.

DÉSIRS/AUDACE : Sexy, impertinent, osé.
2 romans Désirs de 192 pages et 2 romans Audace de 224 pages par mois. 14,26 €* le colis.

HORIZON : Une famille à inventer, un bonheur à construire.
6 romans de 160 pages par mois. 17,79 €* le colis.

BEST-SELLERS : Des grands succès de la fiction féminine.
2 romans de plus de 350 pages tous les mois. 11,40 €* le colis.

BEST-SELLERS/INTRIGUE : Des romans à grands succès, riches en action, émotion et suspense. 2 romans Best-Sellers de plus de 350 pages et 2 romans Intrigue de 256 pages par mois. 19,96 €* le colis.

**Plus 1,80 € par colis pour la participation aux frais de port : .*

vos avantages exclusifs

1.Une totale liberté

Vous n'avez aucune obligation d'achat. Vous avez 10 jours pour consulter les livres tranquillement chez vous et décider ensuite de les garder ou de nous les retourner sans rien nous devoir.

2.Une économie de 5% sur chaque volume

En profitant de nos offres, vous bénéficiez d'une remise de 5% sur le prix de vente public. Encore un avantage réservé aux abonnées Harlequin.

3.Recevez ces livres en avant-première

Les romans que nous vous envoyons, dès le premier colis, sont des inédits de la collection choisie. Nous vous les expédions avant même leur sortie dans le commerce.

ABONNEMENT...ABONNEMENT...ABONNEMENT...

Oui, je désire profiter de votre offre exceptionnelle. J'ai bien noté que je recevrai d'abord gratuitement un colis de 2 livres * ainsi que 2 cadeaux. Ensuite, je recevrai un colis payant de romans inédits régulièrement.

Je choisis la collection que je souhaite recevoir :
(☑ cochez la case de votre choix)

- ❑ **AZUR** : Z3ZF56
- ❑ **AMOURS D'AUJOURD'HUI** : A3ZF53
- ❑ **BLANCHE** : B3ZF53
- ❑ **LES HISTORIQUES** : H3ZF52
- ❑ **ROUGE PASSION** : R3ZF56
- ❑ **DÉSIRS** : D3ZF52
- ❑ **DÉSIRS/AUDACE** : D3ZF54
- ❑ **HORIZON** : O3ZF56
- ❑ **BEST-SELLERS** : E3ZF52
- ❑ **BEST-SELLERS/INTRIGUE** : E3ZF54

*sauf pour la collection Désirs : 1 livre gratuit

Renvoyez ce bon à : Service Lectrices HARLEQUIN
CÉDAP / BP 77 - 94232 CACHAN CEDEX.

Mme ❑ Mlle ❑ NOM ______________________

Prénom ______________________

Adresse ______________________

Code Postal |_|_|_|_|_| Ville ______________________

Tél. : |_|_|_|_|_|_|_|_|_|_|

Date d'anniversaire |_|_|_|_|_|_|_|_|

Le **Service Lectrices** est à votre écoute au **01.45.82.44.26**
du lundi au jeudi de 9h à 17h et le vendredi de 9h à 15h.

Conformément à la loi Informatique et Libertés du 6 janvier 1978, vous disposez d'un droit d'accès et de rectification aux données personnelles vous concernant. Vos réponses sont indispensables pour mieux vous servir. Par notre intermédiaire, vous pouvez être amené à recevoir des propositions d'autres entreprises. Si vous ne le souhaitez pas, il vous suffit de nous écrire en nous indiquant vos nom, prénom, adresse et si possible votre référence client. Vous recevrez votre commande environ 20 jours après réception de ce bon. Date limite : 31 décembre 2003.

Offre réservée à la France métropolitaine, sousmise à acceptation et limitée à 2 collections par foyer.

♉ ♊ ♋ ♌ ♍ ♑ ♏

L'ASTROLOGIE EN DIRECT TOUT AU LONG DE L'ANNÉE.

(France métropolitaine uniquement)

Par téléphone 08.36.68.41.01

0,34 € la minute (Serveur SCESI).

Composé et édité
PAR LES ÉDITIONS HARLEQUIN
Achevé d'imprimer en avril 2003

à Saint-Amand-Montrond (Cher)
Dépôt légal : mai 2003
N° d'imprimeur : 31691 — N° d'éditeur : 9874

Imprimé en France